ALEXANDER KRONENHEIM

BEN HUR

DIE SPÄTEN JAHRE

*Bibliografische Information der Deutschen Nationalbibliothek:
Die Deutsche Nationalbibliothek verzeichnet diese Publikation in der Deutschen Nationalbibliografie; detaillierte bibliografische Daten sind im Internet über http://dnb.dnb.de abrufbar.*

© *2017* **Alexander Kronenheim** *; 1. Auflage*

Covergrafik und Texte: © 2017 Alexander Kronenheim

Herstellung und Verlag: BoD – Books on Demand, Norderstedt

ISBN: 9783743175648

Inhaltsangabe   **Seite**

1. Kapitel	5
2. Kapitel	11
3. Kapitel	19
4. Kapitel	29
5. Kapitel	37
6. Kapitel	42
7. Kapitel	51
8. Kapitel	59
9. Kapitel	68
10. Kapitel	74
11. Kapitel	83
12. Kapitel	90
13. Kapitel	96
14. Kapitel	104
15. Kapitel	113
16. Kapitel	121
17. Kapitel	131
18. Kapitel	141
19. Kapitel	150
20. Kapitel	160
21. Kapitel	165
22. Kapitel	170
23. Kapitel	178
24. Kapitel	184
25. Kapitel	191

1. Kapitel

Vom dunklen Nachthimmel flimmerten Sterne und Mond ihr geheimnisvolles Licht in die Unendlichkeit und sandten stille Grüße zur Weltbeherrscherin Rom. Ihre Strahlen küssten das hochragende Kapitol und glitten über den marmornen Jupitertempel, dessen vergoldete Erzziegel im milden Glanz funkelten. Und weiter flutete ihr Schein über die kaiserlichen Prachtpaläste und über das schier unabsehbare Häusermeer der Stadt auf den sieben Hügeln, von denen aus Rom den Erdkreis beherrschte.

„Sei ewig mit mir! Sei ewig und unsterblich!" schienen die Sterne der Tiberstadt lockend zuzurufen, und dieser Sphärengesang klang feierlich, fast wehmütig. Seine Melodie wurde jedoch übertönt von dem Lärm, der wie Meeresbrausen über die Straßen und Plätze der Stadt hin rauschte. Welch ein Getümmel wälzte sich da über das säulenglänzende Forum! Welch Stimmengewirr in den Zypressen und Lorbeergängen! Dort auf der Straße der Ceres zieht eine Schar von Isispriestern laut betend und singend vorüber.

Auch zwei Römer schritten da des Weges. Sie gehörten zu jener Schar von Fußgängern, die an Sommerabenden nach der Hitze des Tages aus den dumpfen Häusern flohen, um die kühle Abendluft aus vollen Zügen zu schlürfen. Der Ältere trug die hellglänzende Rüstung eines Tribunen, der Jüngere, sein Sohn, die eines Zenturio.

„Vater! Der Stern des Caligula!" rief Cassius Chärea und deutete mit seiner sehnigen Hand zum Nachthimmel

„Beim Pollux!" erwiderte der Angeredete, der Tribun Licinius Chärea, dessen Antlitz bereits manche Furche aufwies: „In wenigen Tagen feiert der neue Herrscher seinen Einzug. Mögen dich, mein Sohn Cassius, die Götter ebenso beschützen, wie sie verhüten sollen, das dieser Stern dort ein schlechtes Vorzeichen ist!" Neugierig wandte ein Senator, den muskulöse thrakische Sklaven in einer prachtvoll verzierten Sänfte vorübertrugen, sein Kopf zu den beiden. Viele aus der Menge aber, die ihnen begegneten, gaben den vornehmen Römern ehrfurchtsvoll Raum.

„Das ist vielleicht der prophezeite Komet", fuhr der Tribun etwas leiser fort. „'Kometen scheinen nicht, wenn Bettler sterben', sagte einst Cäsars Weib und auch der Ägypter Helikon knüpft an ihr Aufleuchten die Geburt oder den Tod eines Herrschers."

„Ich fürchte, dass uns der Stern nichts Gutes bringt", versetzte Cassius, indem er geziemend einer Vestalin auswich, der ein Liktor voranschritt. „Nach der Auslegung des Symmachus bedeuten solche Wandelsterne

Kriegsunglück, Tod eines Herrschers oder Umsturz."
„Schlimmere Tage als unter dem Tiger Tiberius können uns kaum mehr erwarten! Äußerte sich doch seine Herrschaft in Vernichtung ganzer Familien, in Angeberei und in Schrecken. Wie zitterte alles vor diesem blutdürstigen Tyrannen! Wie hassten ihn wir Prätorianer, die wir seinen grenzenlosen Geiz erfahren mussten! Kaum einmal während seiner zwanzig Regierungsjahre hat er sich uns gegenüber freigebig erwiesen. Während uns Augustus auf Reisen und Feldzügen reiche Geldmittel gab, zahlte uns Tiberius nur einen schäbigen Sold, der an die Stelle der früheren Geldzuschüsse trat. Es ist ein wahres Glück, dass ihn nun die Rache der Götter weggerafft hat."

Rüstig schritten die beiden auf der Straße dahin. Als sie an den Lunatempel kamen, trugen Jünglinge, denen dichte Volkshaufen folgten, Tafeln mit Inschriften wie „Tiber in den Tiber!" oder „Heil dem kommenden Retter des Vaterlandes!" Der Tod des Tiberius hatte die Gemüter erhitzt. An einer Straßenecke stand einer jener Astrologenredner, wie sie untertags so oft in den Thermen, auf dem Forum und in den Tempelvorhöfen sich zeigten, um öffentlich mit ihrer Weisheit zu prunken.

„Ihr stolzen Römer, hört mich!" rief der Astrologe. Licinius und Cassius sahen, wie er aufgeregt mit den Händen fuchtelte. Seine Augen glühten unheimlich wie die eines Uhus. „Große Dinge stehen bevor!" rief er. „Ein Stern gleich einem feurigen Rad wird am Himmel erscheinen und ein Weltherrscher wird seinen Thron aufrichten, größer als Augustus und größer als Tiberius. Parthien, Medien und Persien werden ihm ebenso Tribut zollen wie Armenien, Assyrien und Britannien."

Die Römer tranken die stolzen Worte des Redners wie feurigen Wein in sich hinein. Ihre Wangen röteten sich und das Bewusstsein römischer Macht und Herrschaft schwellte ihre Brust. Die Frauen lächelten den Redner an mit ihren gemalten Augen und Lippen. Sklaven aber und solche, die in der Sternenkonstellation ein kommendes Unglück sehen wollten, wurden verprügelt. Ein wilder Rausch hatte die Menschen ergriffen. Die einen versprachen sich von dem kommenden Herrscher einträgliche Ämter und Ehrenstellen, andere die Zurückerstattung ihres eingezogenen Vermögens, alle hofften reich und glücklich zu werden. Sie glaubten, dass sich die Sterne am Himmel vor ihnen neigten und ihnen lächelnd ein goldenes Zeitalter verheißen.

Die Trunkenen merkten nicht, wie unterdessen orientalische Sklaven eine Sänfte vorübertrugen, in der eine weißverschleierte Gestalt saß. Zwei vermummte Männer aber nutzten dies und schlichen katzenartig zur Sänfte heran. Nur des Cassius Blicke waren von der weißverschleierten Gestalt angezogen worden; sein kurzes Schwert fuhr wie ein Blitz schützend zwischen

Sänfte und Nachtschwärmer. Einen Augenblick zuckten deren Dolche auf, aber vor der Drohung des Cassius ließen sie ihre Arme sinken und verschwanden eiligst im Dunkel der Nacht.

War einer der Nachtschwärmer nicht ein kaiserlicher Höfling gewesen, der jenem Zeitvertreib nachging, bei dem oft junge Mädchen aufgegriffen und auf einem Soldatenmantel in die Höhe geschleudert wurden, bis sie in Ohnmacht fielen? Cassius hatte keine Zeit, darüber nachzudenken. Grüßend trat er zur Sänfte. Die unbekannte Verschleierte streckte zum Zeichen des Dankes aus den Falten ihres reichen Gewandes eine weiße, zarte Hand hervor, die Cassius ehrerbietig an die Lippen führte.

„Sie ist anmutig und schlank wie ein Reh", dachte Cassius, während er sich zur Sänfte beugte und geflüsterte Worte des Dankes vernahm.

„Ich erfüllte nur ein Gebot der Menschlichkeit und eine Pflicht des Mannes dem Weib gegenüber.", wehrte er ab.

Als die Sklaven mit ihrer Sänfte weitergingen, war es dem Jüngling, als ob eine Sonne, deren Licht ihn eben noch beglückt hatte, verschwunden sei. Von der Ferne sah er, wie eine zweite Sänfte, in der ein Orientale saß, dem Mädchen folgte. Bald hatte das Menschengewühl beide seinen Blicken entzogen. Schweigend schritt er an der Seite seines Vaters dem Palast des Aurelius zu.

Der Abendwind strich leise durch die Platanen, die hier und dort den Weg einsäumten. Der Mond spiegelte sein silbernes Licht in der Rüstung der Römer. Um eine Hermessäule flatterten gespenstisch ein paar Fledermäuse.

Die Sterne aber zogen am Himmel weiter ihre geheimnisvollen Kreise und der Lärm der Weltstadt rauschte zu ihnen empor wie eine eindringliche Klage...

2. Kapitel

In purpurner Glut leuchteten auf der Appischen Straße unweit der Porta Latina die Marmorsäulen einer stattlichen Villa, die aus einem reizvollen Palmenhain emporragte und ihre Front mit einem kleinen Forum der eben untergehenden Sonne zum Kuss bot. Das Landhaus hieß wegen seines prachtvollen Palmengartens, der es von drei Seiten einschloss, 'Ad Palmas' und wurde bewohnt von dem jüdischen Handelsherrn Ben Hur.

War auch der Hauptsitz seines Unternehmens nach wie vor Antiochia, wo immer noch Simonides die Geschäfte leitete, so waren andererseits die Handelsbeziehungen mit Rom immer reger geworden und hatten schließlich Ben Hurs Aufenthalt in der Weltstadt unumgänglich gemacht. Mit der schier unübersehbaren Zahl von Lastschiffen kamen in Puteoli, dem Hafen Roms, auch Ben Hurs stolze Dreimaster aus allen Ländern an. Sie brachten Ladungen aus Indien und Arabien, babylonische Gewänder und Kleinodien aus dem Innern Asiens und in Ben Hurs Magazinen und Hallen zu Rom lagerten Früchte und Getreide aus Sizilien und Afrika, arabische Gewürze und Wohlgerüche sowie Perlen von den Bänken der Bahreinseln.

Ben Hur saß im Atrium vor einem kostbaren Tisch aus Citrusholz. Seine besten Jahre waren noch nicht vorüber und er war noch immer im Besitz seiner Vollkraft. Aus dem gebräunten Antlitz blitzten dunkle, feurige Augen wie die eines Adlers. Sein Wuchs war stattlich und zeugte von seiner fürstlichen Herkunft; sein Kleid aus weißem Linnen und die turbanartige Kopfbedeckung bewiesen, wie sehr er der Tracht des Orients treu geblieben war. Er war über eine Pergamentrolle gebeugt, die ein Verzeichnis der mit seinen Schiffen angekommenen Waren enthielt. Aber die Zahlen und Warenbenennungen vermochten seinen Blick nicht restlos zu bannen. Seine Augen waren trunken von einem Feuer, das jetzt in eins zerfloss mit den Strahlen des sinkenden Tagesgestirns die das Gemach verklärten und seine Gestalt mit glühendem Rot übergossen. Oft sah er über die Rolle hinweg in das Abendrot und er war dann ganz Feuer, das ihn zu verzehren schien.

Seine Gattin Esther, die zur vollen Schönheit erblüht war, saß vor ihm auf einer Marmorbank und las der Mutter Ben Hurs, Sagar, die ihr gegenüber saß, aus einem Buch vor. Tirzah, die Schwester, spielte auf einem Tigerfell am Boden mit Gamaliel und Miriam, den Kindern Ben Hurs.

Wie eine Mutter mit jungen Lämmern, scherzte sie mit den Kleinen. Sie trällerte ein Liedchen, betupfte abwechselnd das niedliche Kinn, die winzigen Näschen und pfirsichroten Lippen der Kleinen mit ihrem Rosenfinger und ihr fröhliches Schäkern übertönte das

Plätschern des Springbrunnens, der in der Mitte des Atriums Kühlung spendete. Aber oft mischte sich ein Misston in das Spiel, wenn die Kinder unartig wurden und Tirzah schelten musste. Auch jetzt verstummte plötzlich wieder das silberne Lachen. Tirzah unterbrach auf einmal das Spiel und starrte verstört zur Wand hinüber. Sah sie dort dunkle Schatten aufsteigen, die den wie Sonnenschein über das Haus ausgegossenen Frieden zu verscheuchen suchten? Oder klang in das häusliche Glück das Lachen neidischer Dämonen? Ungeduldig zupften die Kinder sie am Arm und schrien: „Weiter!" „Was ist mit dir, Tirzah?" fragte Ben Hur und blickte verwundert von seiner Pergamentrolle zu ihr hinüber. „Du bist seit unserem letzten Abendspaziergang so verändert. Fast glaube ich, du willst uns etwas verbergen."

Auch Esther und Sogar schauten verwundert auf Tirzah „Ach, es ist nichts!" presste diese hervor und strich sich mit der Hand über die Stirn, als wollte sie eine unangenehme Erinnerung verscheuchen. „Ich dachte nur an den Kometen, den kürzlich der Wahrsager Symmachus prophezeite und als Unglücksbringer deutete."

„Ja, was ist es mit den Sternen?" riefen Esther und Sogar. „Was hältst du", fragten sie Ben Hur, „von solchen Himmelszeichen?"

Dieser antwortete nicht gleich. Schweigend sah er vor sich hin und seine Gedanken schweiften in die Vergangenheit. Endlich sagte er:

„In der pechschwarzen Nacht meiner Galeerenhaft war es. Die entsetzliche Arbeit eines Rudersklaven zermürbte meinen Geist in dem Maß, wie sie den Körper stählte. Dumpfe Verzweiflung nagte an mir, und Todesschatten legten sich auf mein Gemüt. Da sah ich nachts einmal von meiner Ruderluke aus plötzlich einen Stern, so hell und so glänzend, wie ich nur in meiner Kindheit einmal einen solchen gesehen hatte. Bewundernd hing mein Blick an ihm; er aber schien mir zuzuwinken und zuzulächeln und das geheimnisvolle Flimmern und Funkeln seines Lichtes, das einmal ins Grüne, dann wieder ins Dunkelrote spielte, erfüllte mich mit Schauer und Ehrfurcht. Den ganzen Tag, da unsere Ruder im eintönigen, nervenzerrüttenden Takt das Meer peitschten, wartete ich mit Sehnsucht auf die Nacht und mein Herz frohlockte, als ich den Stern sah. Immer schwebte er über mir und je mehr ich sein geheimnisvolles Licht in mich aufnahm, desto heller wurde es in mir. Ein wunderbarer Strahl der Hoffnung senkte sich in die Nacht meiner Verbannung und schon nach wenigen Wochen ereignete sich jene Seeschlacht bei Kreta, die meine Fesseln sprengte und mir die heiß ersehnte Freiheit brachte."

„Ich kann es nicht glauben, dass es eine Fügung der Sterne gibt", sagte Esther. „Davon steht nichts in unseren heiligen Büchern." Und als sie Ben Hurs Blick unwillig auf sich gerichtet sah, streichelte sie ihm lächelnd das braune Haar, welches bereits einige Grauspuren an den Seiten des Kopfes aufwies.

„Deine Phantasie geht immer noch gar und gerne mit dir durch. Liebster! Nur immer schön hier unten bleiben. Die Sterne dort oben sind fern und zu hoch!" „Esther, wann wirst du mich endlich ganz verstehen lernen? Sehe ich denn in den Sternen etwas anderes als Zeichen des Himmels, die zu uns eine geheimnisvolle, göttliche Sprache reden? Redet die Gottheit zu und nicht auch durch die Blumen, wenn sie unter dem Kuss der Sonne ihre strahlenden Kelche öffnen und unter dem Hauch eines sanften Windes sich lächelnd neigen? Und sind die Vögel, die den Wolken des Himmels doch so nahe sind, nicht eher noch als die Sterne Boten der Gottheit? Welche Sprache ist aber herrlicher als der Gesang der Nachtigall, wenn sie abends an dem dunklen Hain, hinter bemoosten Zweigen versteckt, ihr metallenes Lied erschallen lässt? Was sind aber die Vögel, was die Wolken gegen die unausdenkbare Höhe, aus denen die Sterne zu- und herableuchten? Sind sie nicht der Gottheit am nächsten? Und sind Blumen, Vögel und Menschen nicht wie ein Hauch gegen die Ewigkeit, da die Sterne ihre geheimnisvollen Kreise ziehen? Ist daher ihre Sprache nicht die Erhabenste? Unaussprechliches empfinde ich, wenn ich in hellen Nächten zu den endlosen Sternen emporblicke. Sie scheinen mir wie der Ruf der Gottheit, der mir selige Hoffnung gibt und mich für Höchstes stark macht."

Aber Esther schalt ihren Gatten scherzend einen Träumer und hätte noch mehr gesagt, wenn nicht Sagar vermittelnd eingegriffen hätte:

„Lasst das, Kinder! Streitet euch nicht. Denkt lieber, euch Gesundheit und Erfolg zu bewahren. Das ist es, was uns glücklich macht, nicht diese oder jene Meinung."

„Weil du von der Gesundheit sprichst, Mutter", versetzte Ben Hur, „so erinnerst du mich daran, dass unlängst mit meiner ‚Syria' ein indischer Arzt und Magier aus Alexandria angekommen ist. Ich hörte, dass er in aller Weisheit und in allen Künsten des Morgenlandes erfahren sei und habe ihn daher zu mir eingeladen. Er kann uns nicht nur eine Deutung der Sterne geben, sondern auch dir, Mutter, vielleicht die kranken Füße heilen."

„Wann will der Inder kommen?"

„Ich erwarte ihn noch heute Abend."

„O wie hübsch, dass wir einen Gast aus so fernen Landen bekommen!" rief Tirzah temperamentvoll und ihre zurückgekehrte Munterkeit übertrug sich sogleich auf die Kinder, die nun wieder lachten und vergnügt in die Hände patschten.

„Dann haben also deine Schiffe mit dem Reichtum zugleich auch die Weisheit aus dem Morgenland mitgebracht", scherzte Esther lachend.

„Die Weisheit muss sich uns noch offenbaren", erwiderte Ben Hur. „Was den Reichtum betrifft, den meine Schiffe diesmal an Bord hatten, so ist solcher wohl noch nie so groß gewesen. Meine Lastschiffe brachten Tausende von Opfertieren für die überall bereits aufgestellten Altäre, seltenes Wild und Geflügel, Fische für die Festgelage, darunter Austern, Seebarben, afrikanische Perlhühner und Fasanen, von denen mitunter für ein einziges Stück tausend Sesterzen bezahlt werden."

„Die Römer sind doch unglaubliche Schlemmer und Genießer!" schalt Esther. „Besonders Gavius Apicius ist der Ausbund eines Prassers. Perlen in Falernerwein setzt er seinen Gästen vor und schlürft dann selbst eine solche, die er vorher im Ohr getragen hat, um so eine Million auf einmal hinunterzuschlucken. Solche Völlerei stößt mich ab! Komm, lass uns wieder auf das Land nach Misemim ziehen! Dort ist die Luft noch rein. Und unter dem

Schatten der Olivenbäume und an den blauen Wassern der Meeresbucht, die im lachenden Sonnenschein glitzert, sind wir glücklicher als hier in Rom."

„Nur dringende, unaufschiebbare Geschäfte sind es, meine Esther, die mich hier noch einige Zeit festhalten. Euch aber hoffe ich mit den Kindern schon in Kürze auf das Land vorausschicken zu können."

„Oh, wie herrlich!" „Auf das Land!" „In die Berge!" „An das blaue Meer!" riefen Frauen und Kinder begeistert aus.

„Ich habe mit dem Senator Aurelius und mit dem Palasttribunen Licinius noch die Einzelheiten meiner Warenlieferung zu besprechen."

„Lass diese Römer!" wehrte Esther. „Ihr Verkehr bringt uns Juden nichts Gutes. Gehe nicht zu Licinius! Kannst du dich denn nicht durch einen Freigelassenen vertreten lassen?"

„Die Wichtigkeit der Sache erfordert meine persönliche Anwesenheit."

Esther kannte ihren Gatten. Sein Wille war in gewissen Dingen unbeugsam. Sie kämpfte daher jetzt alle Regungen von Furcht nieder, als sie sagte: „Dann aber möchte ich dich begleiten und dir beistehen."

3. Kapitel

Nacht senkte Schleier um Schleier auf das Atrium nieder, in dem Ben Hur immer noch mit den Seinigen plauderte. Plötzlich flammte magisches rotes Licht auf, von Fackelträgern in silbernen Ampeln entzündet. Leise rauschte ein Purpurvorhang zurück, und ein Inder, von Malluch begleitet, trat in das Gemach. Er war von hohem Wuchs und trug das weiße, edelsteinfunkelnde Gewand eines Magiers. Von seiner turbanartigen Kopfbedeckung glitzerte ein großer Smaragd; sein Gesicht war tiefbraun. Die Schritte des Magiers verhallten ungehört auf dem schwellenden Teppich.

„Seid gegrüßt! Friede sei mit euch!" sprach er langsam, und aus seinen Augen leuchtete ein eigentümlicher Glanz.

„Sei willkommen, Khidhava!" erwiderte Ben Hur herzlich. „Wir haben dich erwartet, tritt näher! Doch erquicke dich zuvor und labe dich am Mahl, das für dich bereitet ist!"

Flink liefen Freigelassene hinzu und wuschen Füße und Hände des Gastes mit kristallklarem Wasser. Andere trugen auf silbernen Platten Fische, Honig, Früchte und Wein in silbernen Bechern herbei. Fast schweigend wurde das Mahl eingenommen. Erst nachdem Tirzah und Sagar sich mit den Kindern zur Ruhe begeben hatten, begann

Ben Hur und fragte: „Was für Nachrichten bringst du aus Alexandria?"

„Von Alexandria muss ich dir vornehmlich berichten, dass das Zusammenströmen so vieler Völkerschaften aus allen Ländern häufig zu Tumulten und Ausschreitungen führt. Namentlich wird der religiöse Fanatismus der Ägypter von den Fremden sehr gefürchtet. So hat kürzlich ein Römer dort ganz unabsichtlich eine 'heilige' Katze getötet und weder das Ansehen Roms noch die Vermittlung des Präfekten konnten ihn bei der Wut des Volkes vom Tod retten."

„Wie kamst du aus Indien dorthin?"

Wieder zeigten die Augen des Magiers jenen eigentümlichen Glanz, als er erwiderte:

„Da, wo die Fluten des Ganges geheimnisvoll rauschen, am Fuße des Himalajas, ist meine Heimat. Dort wurde mein Vater als Brahmane mit der heiligen Schnur umgürtet und lebte mit anderen zusammen als Weiser im Schatten des Tempels. Als er aber die schöne, sanfte Songa, meine spätere Mutter, zur Frau nahm, da trieb ihn die Zwietracht und Bosheit der Priester aus dem Tempel. Nachdem meine Mutter von Pilgern durch einen Steinwurf getötet worden war, flüchtete er mit mir in das Hochgebirge hinauf, wo wir am Ufer eines Sees eine

Höhle fanden. Dort, in der majestätischen Einsamkeit der Bergnatur, wo die Wasser in den Schluchten traumhaft rieselten und ein leiser Wind über seltsames Beerengesträuch und weiches Moos flüsternd hinstrich, führten wir ein einsames Dasein. Als wir eines Abends den See entlang wandelten und mit den starrenden Felsen, dem hängenden Gestrüpp und blitzenden Quarzen Zwiesprache hielten, da zitterte plötzlich ein Lichtstrahl über das Wasser, dass es davon erglühte. Als wir emporblickten, sahen wir einen Stern so hell und glänzend, dass wir geblendet stehenblieben. Erinnerungen an alte Weissagungen wurden in meinem Vater wach. Wir warfen uns vor dem Stern, der unsere Einsamkeit mit einem Strahl der Ewigkeit erhellte, auf die Knie und lauschten der geheimnisvollen Sprache, die er mit uns zu reden schien. 'Kommt, macht euch auf', so glaubten wir zu hören.

'Eilt mir entgegen und folgt mir, wohin ich euch immer führen werde!' Ehe noch der Tag graute, brachen wir auf und stiegen in die Ebene hinunter, immer dem Stern entgegen, dessen mächtiger Schweif in Richtung Westen zeigte. Wir aßen und schliefen kaum mehr, achteten auf keine Müdigkeit und folgten immer dem Stern, der über uns leuchtete und als Führer vor uns herging. So gelangten wir bis in die Wüste. Endlos schien uns diese. Oft erhob sich der Wind zu Sturmesgewalt, schleuderte glitzernde Sandmengen empor und nahm uns schier die Sinne. Ganz düster kam es aus der Ferne, und furchtbar rauschte der Wüstenwind. Wie ein Raubvogel breitete er seine Flügel aus, um damit Himmel und Erde auf einmal zu umspannen. Es war, als ob ein Titan mit den Zipfeln seines flatternden Gewandes uns kleine Menschen geißeln wollte. Einmal wurde es ganz schwarz vor unseren Augen und röchelnd sanken wir in den Sand. Als wir wieder erwachten, sahen wir uns inmitten einer Karawane auf Kamele gehoben. Es war der Zug des Partherkönigs, der gleichfalls den Stern gesehen hatte und ihm gefolgt war. Später stießen wir noch mit der Karawane eines anderen Magierkönigs zusammen. Eine Unzahl von Dromedaren stapfte durch die Wüste. Ohne Rast ging es dahin, dass der Sand vor den Hufschlägen aufwirbelte. Endlich erreichten wir bewohntes Land und erschreckt liefen die Menschen auf die Straßen, wenn wir durch ein Dorf oder durch eine Stadt zogen. Sie wachten nachts von dem Hufschlag unserer Tiere vom Schlaf auf und sahen den prunkvollen, phantastischen Zug wie ein flimmerndes Märchen vorüberziehen und erst jetzt gewahrten die Schläfrigen das Leuchten des Sternes. Nach langer Fahrt deutete in einer Nacht der Partherkönig mit seinem Ring geschmückten Finger zum Himmel. Nun sahen wir den Stern über einer Felsenhöhle stehen, und voller Spannung traten wir dort ein. Wir fanden ein neugeborenes Kindlein mit seiner Mutter und mit einem Mann. Links davon streckten zwei Esel ihre struppigen Köpfe hervor. Ein Glanz umfloss das Bild wie Schleier, aus Morgentau gewoben. Das Haupt der Jungfrau war vom goldenen Haar wie von einem Diadem umgeben und von den Augen des Kindleins ging ein Licht aus, dass wir wie vom Blitz getroffen in die Knie sanken. Nur von dem neugeborenen Herrn der Welt konnte ein solcher Glanz ausgehen."

Erschöpft schwieg der Inder. Sein Atem keuchte vor Erregung und über sein Gesicht leuchtete es. Ben Hur und Esther aber sahen wundersam gerührt auf ihn. Ihre Gedanken schweiften zurück nach Jerusalem. Dort war Ben Hur Zeuge gewesen, wie eine lichtvolle Gestalt, von zahlreichem Volk umgeben, Tirzah und Sogar vom Aussatz heilte und wie namentlich diese Gestalt nachher, mit einem Kreuz beladen, nach Golgatha schritt und dort den Opfertot erlitt. War damals nicht auch ein Magierkönig neben ihm anbetend zu Boden gesunken? Sie freuten sich daher jetzt über das seltene Zusammentreffen. Khidhava aber führte den Becher mit Wein an seine Lippen und fuhr dann fort: „Während viele von uns auf einem anderen Weg in ihre Heimat zurückkehrten, zog mein Vater mit mir und mit einer kleinen Schar von Magiern nach Ägypten, da dieses Land mit seinen Wundern und Geheimnissen mächtige Sehnsucht in uns weckte. Zu einem kleinen Häuflein waren wir zusammengeschmolzen, aber umso enger schlossen wir uns zusammen. Wir wanderten den Nil stromaufwärts und ließen uns einige Tagreisen von Alexandria entfernt, in Chedais, einem kleinen Dorf von Hirten und Bauern, nieder. Dort führten wir ein gemeinsames Leben, das unter dem Zeichen jenes Sternes stand, der uns zusammengeführt hatte. Ganze Nächte verbrachten wir auf dem Dach des Hauses, die Blicke zum gestirnten Himmel gerichtet und lasen dort wie in einem aufgeschlagenen Buch. Unablässig verfolgten wir den Lauf der Gestirne und versuchten immer tiefer in die Geheimnisse dieser wunderbaren Himmelszeichen einzudringen. Untertags war unsere Hauptbeschäftigung die ärztliche Kunst und viele Kranke, die an den sumpfigen Ufern des Nils von einem schrecklichen Aussatz befallen waren, rettete mein Vater vom Tod, bis er eines Tages selbst dieser tückischen Krankheit zum Opfer fiel. Verwaist, nahm ich nun eine Ägypterin zur Frau, die mir einen Sohn, Somadha, und eine Tochter, Devadasa, schenkte. Als mein Weib starb, lebte ich mit meinen Kindern und einer alten treuen Dienerin Phöbe allein weiter. Als ich eines Abends von einem Krankenbesuch zurückkehrte, lag die alte Phöbe erschlagen am Boden und meine Kinder waren geraubt. Viele Jahre trauerte ich einsam um sie."

„Da traf eines Tages ein Brief von meinem Freund Helikon ein, der als Leibarzt hier im Palast des Gajus lebt. Dieser lud mich ein, hierherzukommen, weil unter der Regierung des Tiberius ein ansteckender Aussatz von Asien in Rom eingeschleppt worden war, die ägyptische Heilkunst in Rom aber sehr gesucht sei. So kam ich mit deiner ‚Syria' nach Rom. Auf der Reise habe ich in allen Häfen vergebens nach meinen Kindern geforscht, aber vielleicht sind meine Bemühungen hier in Rom von besserem Erfolg begleitet."

Aufmerksam hatten Ben Hur und Esther den Worten des Inders gelauscht; jetzt ergingen sie sich in Vermutungen über den Verbleib seiner Kinder. Dann aber konnte Ben Hur sein Verlangen nach tieferem Wissen von den Sternen, das durch die Erzählung des Magiers mächtig in ihm gesteigert worden war, nicht mehr länger zurückhalten und ungestüm lud er den Inder ein, mit ihnen auf das Dach des Hauses zu kommen. Der Magier konnte ihm folgen konnte, so hastig sprang Ben Hur die Marmortreppe empor.

Vom hohen Himmel flackerten und sprühten Milliarden von Sternen ihr glitzerndes Licht auf Roms Häusermeer herab. Ihre geheimnisvollen Strahlen streiften den runden Marmorbau des Pantheons und flimmerten zitternd über die Thermen des Agrippa und über das Theater des Pompejus. Die kühle Abendluft strömte eine fremde, leise, kaum spürbare Süßigkeit aus. Zarter Hauch des Südwinds strich linde und märchenhaft über die Campagna. Vom Hof her traf der einlullende Murmelton eines Springbrunnens das Ohr, und von der Appischen Straße her ertönte, durch die Entfernung abgedämpft, der Lärm rasselnder Wagen. Forschend spähte Ben Hur zu den Sternen empor. Wie einer, der angelegentlich etwas sucht, ging er auf und ab, blieb einmal da, dann wieder dort stehen, beugte seinen Kopf weit zurück und hielt Ausschau nach dem Firmament, ob sich nicht sein Lieblingsstern zeigte.

Khidhava aber zog aus den weiten Falten seines Gewandes eine Sternuhr, eine Papyrusrolle und eine Sternkarte hervor, setzte sich damit an einen Marmortisch und machte beim flackernden Schein einer Pechpfanne seine gewohnten Berechnungen. Ben Hur und Esther sahen ihm schweigend zu. Plötzlich sprang er hastig auf, deutete mit der Hand auf einen glutrot funkelnden Stern im Osten und sprach:

„Seht dort jenes Zeichen des Himmels, bei dessen Opposition mit Mars und Steinbock Babel gefallen ist! Unter diesem Zeichen ist dann die Herrschaft der Ägypter, Meder und Perser und zuletzt die der Mazedonier zusammengebrochen. Und jetzt wird auch das Römerreich von seiner Höhe herabstürzen. Ein fressendes Feuer wird das verweichlichte Reich verzehren, Tempel und Paläste werden in Schutt und Asche sinken und in den zerfallenen Mauern werden Füchse und Wölfe hausen. Dann wird Totenstille sein in den Mauern der Weltstadt. Kein Mühlstein rührt sich mehr, verstummt sind Zither und Flöte und der Jubel von Braut und Bräutigam. Die Kaufleute aber stehen wehklagend und jammern über den Ruin der Weltstadt: ‚Wo sind unsere großen Kornspeicher? Wo unsere Warenballen mit ägyptischem Byssus? Wo ist das Kapitol und das Palladium? Welcher deiner Götter, du stolzes Rom, wird dann dich retten, sei er von Gold, Stein oder Erz? Wo sind dann die Beschlüsse deines Senats? Wo der Rhea oder des Kronos oder das Zeus Geschlecht und alle, die du verehrtest?' Dann aber wird der Messias herrschen und sein Zepter erstreckt sich weit über die Lande." Ergriffen hatten Ben Hur und Esther zugehört. Niemand wagte die feierliche Stille zu unterbrechen. Schließlich schlich Esther leise fort, holte ihre Harfe herbei und schon tönte ihr Lied in die Stille der Nacht hinaus. Plötzlich sank ihre Hand jäh von den Saiten: ein Donnergebrüll drang vom Circus zu ihnen herüber.

„Das sind die Löwen, Tiger und Bären, die der Senat zu den Festspielen beim Einzug Caligulas aus dem Orient kommen ließ", sagte Ben Hur.

Auch Khidhava hatte bereits davon gehört; der Leibarzt Helikon hatte ihm verraten, dass der neue Herrscher die

Absicht habe, bei seinem Regierungsantritt die Römer durch wochenlange, noch nie gesehene Circusspiele, Pantomimen und Wettkämpfe in einen wahren Taumel von Freude zu versetzen.

Nachdem man sich über die Person des künftigen Herrschers noch einige Zeit unterhalten hatte, verabschiedete man sich. Khidhava bestieg eine Sänfte, die ihn durch das Dunkel der Nacht zum Kaiserpalast trug, in dem er bei Helikon, dem kaiserlichen Leibarzt, wohnte.

4. Kapitel

Unweit des steilaufragenden Kapitols, da, wo sich ein herrlicher Blick auf das Forum und die 'Heilige Straße' bot, lag der Palast des Tribunen Licinius. Im Atrium, das den Luxus kostbarsten kanarischen Marmors aufwies, standen um die Zeit der Morgenbesuche drei Männer in reger Unterhaltung beisammen.

Der Senator Aurelius, ein Greis mit runzeligem Gesicht, war voll des Lobes über den Präfekten Marco, der im Senat so wacker für Gajus als Thronfolger eingetreten war. Er gab seiner Meinung Ausdruck, dass ohne dessen Dazwischentreten wohl sicher der Bürgerkrieg ausgebrochen wäre, da ja Tiberius zwei Nachfolger, nämlich Gajus und Gemellus, aufgestellt hatte.

Licinius pflichtete ihm bei und erzählte, wie die Kohorten Marco zujubelten, als er ihnen den Gajus als Herrscher vorstellte. Die Luft habe unter ihrem Beifallsgebrüll erzittert, als sie ihm den Kosenamen 'Caligul' zuriefen.

„Den Soldaten war Gajus als der ältere der beiden Cäsarensprösslinge schon von jeher sympathischer", warf Cassius ein.

In diesem Augenblick meldeten Sklaven die Ankunft zweier Sänften. Licinius befahl, die Ankömmlinge hereinzuführen. Es waren Ben Hur und Tirzah.

„Der Friede sei mit euch!" grüßte Ben Hur.

„Sei gegrüßt, Ben Hur!" erwiderte Licinius freundlich. „Und auch du, schöne Tochter der Aphrodite, sei uns willkommen!" Wohlgefällig streifte sein Blick Tirzahs reizende Gestalt.

Das Mädchen errötete. Es glich einer üppigen Zentifolie. Rosafarbene Gewebe umwallten Nacken und Schulter. Das Haar war mit Rosen geschmückt. Licinius machte die Ankömmlinge mit Aurelius und Cassius bekannt und wies darauf hin, dass es Ben Hurs Schiffe seien, die jetzt zu den bevorstehenden Festlichkeiten einen großen Teil der nötigen Opfertiere, Blumen, Stoffe und Gewänder aus dem Orient herbeigeschafft hätten. Während das Licht voll auf den Kaufherrn fiel, sagte Licinius plötzlich: „Beim Neptun, bist du nicht jener Ben Hur, der zu Antiochia den Messala im Wagenrennen besiegte?"

„Du sagst es, eben der bin ich", erwiderte Ben Hur. „Ich kam auf unserem Zug gegen die Parther", fuhr Licinius fort, „auch nach Antiochia und besuchte den dortigen Circus, wo ich Zeuge deines großen Triumphes wurde. Lebt Messala noch?"

„Messala blieb mit zerschmetterten Gliedern in der Arena liegen. Er war zwar nicht tot, aber er konnte seine Glieder nicht mehr gebrauchen und musste sich von seinen

Sklaven wie ein kleines Kind pflegen lassen. Diese hilflose Lage ertrug seine stolze Natur nicht. Da er, von seinen Freunden verlassen, dazu noch in dürftige Verhältnisse geriet, steigerte sich seine Gereiztheit so, dass er mit seiner Gattin Iras ständig in Unzufriedenheit und Streit lebte, bis eines Tages Iras ihrem Gatten Gift reichte und sich selbst im Tiber ertränkte."

Mit Entsetzen hörten es die drei und meinten dann, dass es die Rache der Götter gewesen sei, die Messalas Übermut und Herrschsucht herausgefordert habe. Während die Männer miteinander plauderten, erkannte Tirzah, die inzwischen nähergetreten war, in Cassius ihren Beschützer von der Straße der Ceres. Errötend senkte sie den Blick; auch Cassius war vom Anblick des Mädchens, das er sogleich wiedererkannte, auf das Freudigste überrascht. Seine Stimme bebte leise, als er Tirzah begrüßte und ihr artig sagte, die Götter hätten ihre Schritte gelenkt. Tirzahs Antlitz glühte, als sie den Gruß erwiderte.

Cassius führte Tirzah zum Garten des Palastes. Sorgfältig gepflegte Wege schlängelten sich unter schattigen Platanen und sattgrünen Feigenbäumen hin. Da und dort murmelten Springbrunnen und zwischen lauschigem Buschwerk schimmerten von marmornen Piedestalen die Statuen der Götter.

„Beim Herkules", sagte Cassius, indem er sich mit Tirzah auf eine Steinbank niederließ, „ich hätte jene Unholde die Schärfe meines Schwertes verspüren lassen, wenn sie es gewagt hätten, dich zu berühren, du Göttliche"

„Sprich nicht solche Vergleiche!" wehrte Tirzah, und ihre Stimme klang weich und sanft.

Doch Cassius fuhr fort:

„Es gibt im Leben Augenblicke, die für die ganze Zukunft des Menschen entscheidend sind und fast kommt es mir vor, als ob jener Vorfall auf der Straße der Ceres ein solcher gewesen sei. Als ich dich damals sah, hätte ich mich stark genug gefühlt, dich gegen eine ganze Welt von Feinden zu verteidigen. Ich habe als Soldat sehr oft dem Tod ins Angesicht geschaut, doch was hilft die größte Tapferkeit gegen Amors Pfeile, denen bisweilen sogar die Götter erliegen? Gibt es, Tirzah, ein größeres Glück als die Liebe?"

Tirzah schwieg und spielte errötend mit einer Rose, die ihr Cassius am Weg gepflückt hatte.

Der Zenturio deutete auf einige rote Nelken zu ihren Füßen und wies sie darauf hin, wie der Sonnenstrahl die Blumen liebe und küsse. Dann machte er sie auf ein Paar Amseln aufmerksam, die zwitschernd miteinander spielten und sich fliegend zu haschen trachteten. Als er aber Tirzahs Hand erfassen wollte, sprang diese erschrocken auf.

„Was willst du?" rief sie, und ihre Stimme bebte. Cassius flehte sie an, sich nicht vor ihm zu fürchten. „Sei mir nicht böse", fügte er hinzu, „wenn ich dir offen gestehe, dass ich dich liebe und deinen Vater um deine Hand bitten will!"

Über Tirzahs Gesicht ergoss sich tiefes Rot, als sie sagte, dass ihr Vater längst tot sei. Sie glaube aber, dass eine Verbindung zwischen ihnen kaum in Frage komme. „Wir sind uns beide zu fremd", sagte sie, „du ein Römer, ich aber eine Jüdin. Weißt du denn nicht, welche Gegensätze in Sitte und Religion zwischen uns herrschen?" Ganz traurig und verzagt sagte es Tirzah.

Cassius hatte sich bis dahin nur wenig um das Judentum gekümmert. Jetzt aber wurde er neugierig und stellte an Tirzah die verschiedensten Fragen. Diese kam gerne seinem Wunsch nach und erzählte ihm aus der Geschichte und Überlieferung ihres Volkes alles, was immer sie nur wusste. Sie weist darauf hin, dass die heiligen Bücher ihres Volkes die ältesten Schriften der Erde seien und dass aus ihrem Volk auch der Messias hervorgegangen ist.

Verwundert horchte der Römer, als Tirzah dann von den Wundertaten des Galiläers erzählte.

Die beiden hätten das Gespräch noch gerne fortgesetzt, wenn nicht ein Sklave erschienen wäre, der ihnen mitteilte, dass ihre Anwesenheit von den Gästen im Atrium gewünscht werde. Als sie dorthin zurückkehrten, schrieben Licinius und Aurelius auf Wachstafeln gerade einige Angaben, die ihnen Ben Hur an Hand einer Pergamentrolle machte. Es war das Verzeichnis der Warenlieferung mit der Angabe des Wertes und der Lagerhallen, in denen die einzelnen Posten untergebracht waren.

„Meine Wechsler Liagabul und Bansallat am Janusbogen habe ich bereits angewiesen; auch den Verwaltern der einzelnen Lagerhallen habe ich wegen Auslieferung der Waren Weisungen gegeben", sagte Ben Hur, indem er die Pergamentrolle einzog. Der Senator Aurelius erwiderte, dass er dem Senat berichten und auch dafür sorgen werde, dass Ben Hur mit seiner Familie beim Einzug Caligulas Plätze auf der Ehrentribüne am Forum erhalte. Während Licinius noch versicherte, dass er an alle Magazine Wachen legen und die Waren unter Kohortenbedeckung durch Sklaven überall dorthin schaffen lassen werde, wo man sie brauche, winkte Ben Hur die Sänften herbei. Bald waren Ben Hur und Tirzah im Getümmel der Straßen verschwunden.

Der Weg führte sie über das Forum am Marstempel vorbei, wo der Pontifex gerade die Kalenden ausrief. Als sie in die Nähe des 'Tals der Quellgöttinnen' kamen, drängte sich die Menge um einen orientalischen Sklavenhändler, der mehrere Jünglinge und Mädchen zum Verkauf anbot. Roh sauste seine Peitsche über die Unglücklichen, die auf einer großen Holzscheibe saßen; eine drehbare Vorrichtung sorgte dafür, dass man sie von allen Seiten sehen konnte. Stöhnend duckten sich die Ärmsten unter den Geißelhieben; einige sprangen von der Holzscheibe herunter, um den Kauflustigen ihre Künste zu zeigen. Wie liefen da die Schnellfüßigen im Wettlauf und bogen sich im Vor- und Seitensprung! Dann schwollen wiederum ihre Muskeln beim Tragen mächtiger Amphoren und beim Ziehen schwerbeladener Karren. Die Mädchen aber wiegten sich flink im Tanz, während eine Dunkeläugige, die Schönste von ihnen, die auf der Holzscheibe zurückgeblieben war, diesen Tanz mit der Leier begleitete. Ben Hur und Tirzah bewunderten das reiche, schwarze Haar, das glänzend über den schlanken Nacken des Mädchens herabfiel; die edlen Linien ihres schlanken Körpers ließen auf eine vornehme Abstammung schließen. Der hohe Kaufpreis, den der Händler für sie verlangte, hatte bis jetzt alle Kauflustigen abgehalten, die schöne Orientalin zu gewinnen. Ben Hur jedoch kaufte nicht nur die Orientalin, sondern auch die übrigen Sklaven des Händlers und als alle der Sänfte Ben

Hurs als der ihres neuen Herrn folgten, ließen sie ihren Peiniger in maßlosem Erstaunen zurück.

5. Kapitel

Auf Ehrensitzen, die prachtvoll mit Purpur ausgeschlagen waren, hatten sich Ben Hur und Tirzah eingefunden, um dem feierlichen Einzug Caligulas beizuwohnen. Tirzah wurde von der neuen orientalischen Sklavin begleitet, welche auf den Namen Euterpe hörte und die sie bereits wie eine Freundin liebgewonnen hatte.

Staunend übersahen sie von der Tribüne den weiten Platz zu ihren Füßen. Eine riesige Menschenmenge, Kopf an Kopf, säumte die Straßen ein. Die Stadt prangte in Girlanden und Kränzen. Mächtige Triumphbogen bezeichneten den Weg, den der Zug nehmen sollte. Von den flachen Dächern der Häuser flatterten lustig bunte Fahnen und Tücher. Wie ein Meer wogten auf den Straßen die Menschenmassen, die von Augenblick zu Augenblick zu wachsen schienen.

Verwundert sah Tirzah auf das farbenprächtige Bild und freute sich über den Reichtum der Festgewänder und die Buntheit der fremden Trachten. So oft eine neue Art auftauchte, jubelte sie wie ein Kind, das herrliche Blumen findet, und versuchte die Nationalität der einzelnen Trachten festzustellen.

Euterpe aber erinnerte sie daran, dass hinter all dem Glanz und Flimmer, den Rom nach außen hin entfaltet, so viel Elend, Unglück und Verbrechen verborgen ist, dass man die vielen Nationen, die sich von den Lockungen der Weltstadt blenden lassen, eigentlich bedauern müsste. Seiner Schwester gegenüber aber verglich er Rom mit einem schillernden, riesigen Ungeheuer, das alle verschlingt, die sich ihm nahe kamen.

Aber nicht einmal diese ernsten Reden konnten Tirzahs Munterkeit verscheuchen.

„Sieh dort, Bruder!" rief sie. „Geht dort nicht ein Parther? Und drüben jene Dunkelfarbigen, sind es nicht Nubier? Ja sogar Inder glaube ich unter jenem Triumphbogen zu sehen." Und sie knüpfte daran die Frage, wie lange eigentlich eine solche Reise von Rom bis zum fernen indischen Land dauern würde.

Ben Hur, der Vielgereiste, gab ihr genauesten Aufschluss, und so plauderten sie über dies und jenes. Tirzah hatte hundert Fragen zu stellen, als plötzlich schmetternde Posaunen und brausende Zurufe das Nahen des Zuges verkündeten.

Leuchtend wie Götter auf feurigen Rossen näherten sich die Prätorianer, an ihrer Spitze Marco, Licinius und Cassius. Hinter ihnen der römische Senat und die Beamten des Hofes. In ihrer schneeigen Toga glänzten sie wie eine riesige weiße Wolke. Dahinter rauschte die

Musik der Flöten, Glöckchen und Posaunen. Durch die Straßen tobte endloser Jubel.

Dann sah man die Statuen der Götter, von Priestern getragen, die riesigen Erzskulpturen, die kostbaren Gold- und Silbergeräte, weiße Stiere mit farbigen Bändern und vergoldeten Hörnern, schöne Jünglinge mit goldenen Opferschalen. Schließlich nahte, von vier weißen Rossen gezogen und von Prätorianern umgeben, der Wagen des Kaisers. Gold- und Edelsteine blitzten an ihm wie tausend Sonnen. Caligula selbst, im Purpurmantel, hielt in seiner Linken ein Elfenbeinzepter, in der Rechten einen Lorbeerkranz. Hinter ihm hielt auf dem Wagen ein Sklave die goldene Krone Jupiters über seinem Haupt. Hinter dem Kaiser fuhr auf einem Bärengespann Drusilla, Caligulas Schwester und Geliebte.

Koseworte wie 'Stern', 'Hühnchen', ‚Püppchen' oder ‚Schosskindchen' rief die Menge dem neuen Herrscher zu und überschüttete ihn und den Zug mit einem Regen von Rosen und Nelken.

Hinter Drusillas Wagen trugen Vestalinnen die Urnen mit der Asche der Agrippina und ihrer Brüder.

Dann folgten endlos wie Meeresfluten die Legionen, immer ihre leuchtenden Adler und Standarten an der Spitze. Auf dem Forum machte der Zug einen großen

Bogen, und schillernd schlängelte er sich an Ben Hurs Tribüne vorüber. Jeden Helm, jedes Gesicht konnte man von oben genau unterscheiden. Wie einen glänzenden Halbgott sah man Cassius auf schnaubendem Rappen vorüberreiten und als er zu Tirzah emporwinkte, schoss dieser eine dunkle Röte ins Gesicht. Unter den Senatoren erkannten sie sogleich die greise Gestalt des Aurelius und nicht weit von ihm schritt neben Helikon Khidhava. Tirzah zupfte ihren Bruder am Arm, deutete mit der Hand zu dem Magier und rief erfreut seinen Namen; da schrie Euterpe plötzlich: „Vater! Mein Vater!" und streckte die Hände nach dem Ägypter aus. Khidhava sah erstaunt zur Tribüne empor und es war ihm, als ob sich eine Vision zu ihm herabneigen würde. Er blieb stehen und winkte mit der Hand hinauf. Seine Stimme überschlug sich fast vor Freude, als er rief: „Devadasa, meine liebe Tochter Devadasa!" Dann winkte er auch freudig zu Ben Hur und Tirzah und schon trugen ihn die Wogen des Zuges weiter. Ben Hur und Tirzah aber beugten sich über eine Ohnmächtige.

Auf dem Forum stieg bald darauf dicker Opferqualm empor und blaue Weihrauchwolken legten sich auf die Tempel und Paläste, dass die Sonne verfinstert wurde. Vom Dach des Konkordiatempels aber streute Caligula mit vollen Händen Geldstücke unter die Menge...

6. Kapitel

Vom Palatin glänzte der Palast des Caligula auf das Forum hernieder. Ringsum war es Nacht. Nur die schmale Mondsichel glimmte wie ein Phantom durch das Dunkel. Tiefes Schweigen lag um den Palast. Nur hin und wieder schweiften dunkle Gestalten, tief in Trauerkleider gehüllt, um die Mauern. Laut wehklagten sie trotz der Krankheit des neuen Herrschers, der durch seine Freigebigkeit, seine Prunkliebe und Circusspiele das schwelgerische Rom bis zur Tollheit bezaubert hatte. Man schlug sich an die Brust, und die Frauen riefen unter Tränen: „Wehe, unser Liebling, unser Püppchen, wie lange noch dauert deine Krankheit? Wann werden die Götter Asklepios und Kypris unser Flehen erhören und dich wieder gesund machen, du Goldener?"

Im Palast selbst flammten alle Lichter. In den Gemächern gleißte es von Gold; es schimmerte von Silber und Perlmutt, von Jaspis und Lapislazuli, von Onyx und Amethyst. Auf Purpurkissen lag Caligula. Sein Gesicht war bleich. Auf der Stirn stand Schweiß in dicken Tropfen; seine Augen waren geschlossen. Plötzlich riss ihn der Fieberwahn empor.

„Holt mir Helikon!" rief er ächzend.

Zwei Sklaven lagen mit bleichen Gesichtern auf der Erde und wagten nicht zu sprechen. Am Fußende des Lagers stand wie ein lebendes Erzbild Marco, der breitschultrige, hünenhafte Präfekt der Leibwache, neben ihm Licinius und Cassius.

„Helikon ist eben bei Drusilla, Cäsar", antwortete nun Marco.

„Dann soll Khidhava kommen!" Stöhnend und schwer fiel Caligula auf das Purpurkissen zurück.

„Hast du Schmerzen?" fragte Marco.

„Feuer wühlt in meinen Eingeweiden und dann wieder liegt Eis auf meiner Brust", keuchte Caligula. Gleich darauf rauschten die Purpurvorhänge zurück und Khidhava glitt in das Gemach. Zwei Gehilfen trugen hinter ihm Salben und stark riechende Essenzen in goldenen Gefäßen.

„Du bedarfst meiner, o Cäsar?"

„Ich leide, Khidhava. Der Schlaf flieht meine Augen. Gib mir ein Mittel, sonst töten mich diese Fieberqualen!" Khidhava winkte seinen Gehilfen, nahm einen goldenen Becher, mischte aus verschiedenen Flüssigkeiten einen Trank und reichte ihn Caligula. Dieser machte eine abwehrende Bewegung. Khidhava verstand, setzte den Becher an seine Lippen und trank. Nun nahm ihn auch

Caligula und leerte ihn mit einem Zug. Dann lag er still auf den Kissen, und es dauerte nicht lange, da fielen ihm die Augen zu und ein tiefer, erquickender Schlaf senkte sich auf ihn nieder.

Am nächsten Tag war im Befinden Caligulas eine wesentliche Besserung eingetreten. Schnell flog die Kunde hiervon durch die Stadt; überall herrschte großer Jubel. Freudenfeste wurden gefeiert und Dankopfer dargebracht. Von diesem Tag an war Khidhava Leibarzt des Kaisers.

Des andern Tags kniete vor Caligula, der auf goldenem Thron die Glückwünsche zu seiner Genesung entgegennahm, der Senator Aurelius und beteuerte, dass er den Göttern gelobt habe, sein Leben hinzugeben, wenn der Herrscher wieder gesund würde. Da höhnte der Cäsar: „Wohlan, dein Opfer sei angenommen! Gehe hin und töte dich!" Grell und seltsam lachte er dabei auf. aus seinen gläsernen Augen aber grinste der Wahnsinn...

Das Abendrot warf seinen purpurnen Schimmer auf die Marmorsäulen des kaiserlichen Palastes, als Caligula seine Höflinge und Gäste zu einem Festmahl geladen hatte. Im großen Saal und in den anstoßenden Hallen wimmelte es von Rittern und Senatoren, berühmten Schauspielern, Traumdeutern und Tänzern. Von der Decke flimmerten Tausende von Lampen. Überall ein Rauschen schleppender Gewänder, ein Klirren und Glitzern von Halsketten, Armringen und Fußspangen, ein betäubender Duft von Blumen und arabischen Wohlgerüchen. Dazu ertönte die Musik von Pauken und Flöten; Chöre sangen Freudenlieder wegen der Genesung des Kaisers.

„Heil, Caligula! Langes Leben und reiches Glück mögen ihm die Götter verleihen! Heil, Caligula!"

Brausende Rufe erschollen von allen Seiten und warfen ihr Echo in die weiten Gärten hinaus. Strahlend wie ein Halbgott, in kostbaren Purpur gehüllt, ließ sich Caligula auf einem der Speiselager nieder und auf sein Zeichen begann das festliche Mahl.

„Was hast du heute für Neuigkeiten?" wandte sich Caligula an den König Ptolemäus, der neben ihm lag. „Heute Nachmittag, o Cäsar, erschienen bei mir Priester aus dem Konkordiatempel und klagten, dass aus dem Tempel ein kostbarer Ring, der angeblich von Polykrates stammen soll und einen wertvollen Sardonyr als Stein enthält, gestohlen worden sei. Ich sagte ihnen, wenn sie so gut weissagen könnten, so müssten sie auch wissen, wer den Stein gestohlen hat."

Alles lachte, am meisten Caligula.

„Diese Esel von Wahrsagern", sagte er dann. „Mir haben sie einmal prophezeit, dass ich so wenig zur Herrschaft gelangen werde, wie es mir unmöglich ist, auf dem Golf von Baiae zu galoppieren. Aber ich werde diesen Dummköpfen zeigen, was ich kann. Schon morgen werde ich Baumeister kommen lassen, die meinen Plan einer Brücke von Puteoli nach Baiae ausführen sollen."

Während ihm alles Beifall zollte, fragte der Kaiser den Ptolemäus nach seinen Rennpferden.

„Heute, o Cäsar, habe ich zehn arabische Vollbluthengste gekauft. Edelste Rasse! Die vier besten will ich zum nächsten Rennen auswählen."

„Aber mein Rennpferd Incitatus werden sie niemals besiegen. Das wette ich mit dir um zehn Talente!" „Ich nehme die Wette an", erwiderte Ptolemäus mit bittersüßer Miene. „Ich habe nunmehr einen neuen Wagenlenker, einen Juden namens Iadok. Wahre Wunder werden von diesem erzählt. Er ist schon dreimal in Byzanz aufgetreten und immer Sieger geblieben." „Und mein neuer Wagenlenker, der Grieche Parmenio, ist fünfmal in Alexandria aufgetreten und fünfmal Sieger geblieben", überbot ihn Caligula.

Immer mehr hob sich die Stimmung. Die erlesenen Speisen, das Feuer der edlen Weine, die Musik und der Tanz, der Duft der Blumen, alles begann die Gäste zu betäuben. Nur die beiden Konsuln Ernestus und Linius, ehrwürdige Männer, die ihren Platz in der Nähe des Kaisers hatten, lagen immer noch ernst und schweigend auf den Kissen. Als sie Caligula sah, lachte er grell und seltsam auf.

„Was ist dir, Cäsar?" fragte ihn Marco.

„Ist es nicht zu komisch", rief Caligula mit dem Lachen eines Wahnsinnigen, „sobald ich winke, haut man diesen Konsuln da die Köpfe herunter! Hahaha!"

„Marco", sagte er dann, als er wieder etwas ruhiger geworden war, „was meinst du, brauchen wir eigentlich heute noch Konsuln, da doch ich Alleinherrscher und Cäsar bin?"

„Alle Gewalt liegt bei dir, Cäsar. Du vereinigst in dir alle Ämter und alle erhalten ihre Würden durch dich. Du kannst jeden, den du willst, zum Konsul machen!" sagte Marco.

„Ei, da will ich nun gleich mein Rennpferd Incitatus zum Konsul ernennen. Ich glaube, es wird sein Amt ebenso gut versehen wie diese da."

Caligula lachte aus vollem Halse und seine Umgebung lachte mit.

„Licinius und Cassius!" rief Caligula, „Nehmt sofort einige Leute, geht zu meinem Rennstall und holt mir auf der Stelle meinen Hengst Incitatus!"

„Aber bedenke doch, Cäsar, die hohen Stufen zum Palast und hier in dieser Halle vor den Gästen..." „Schweig und führe sofort meinen Befehl aus oder..." Eilends entfernten sich nun Licinius und Cassius mit einigen Prätorianern, um den kaiserlichen Befehl auszuführen.

Das Gastmahl nahm indessen seinen Fortgang. Sklaven trugen immer neue Gerichte auf und wurden nicht müde, feurigen Wein aus dicken Schläuchen zu gießen. Von der Decke aber fielen unaufhörlich Rosen auf die Gäste herab. Dann traten Possenreißer und Gaukler auf.

Plötzlich ertönte ein Posaunenstoß vom Palasteingang her. Alle Blicke wandten sich dorthin, wo nun das laute Wiehern und Schnauben eines Pferdes hörbar wurde. Es war Incitatus, Caligulas Lieblingshengst. Weit waren die roten Nüstern geöffnet und grell stach ihre rote Farbe von dem glänzend schwarzen Fell ab. Wie weiche Seide flossen die Haare der Mähne über den stolz geschwungenen Nacken herab. Laut dröhnten die Hufschläge des Hengstes auf dem Marmorboden. Rechts und links führten ihn Licinius und Cassius. Voraus marschierten zwei Liktoren mit dem Rutenbündel, dahinter einige Soldaten. Vor Caligula machten sie halt.

Dieser erhob sich von seinem Polster, streichelte Hals und Kopf des Tieres und reichte ihm auf flacher Hand einige Datteln. Dann ließ sich Caligula von Bacchantinnen einen Kranz von Rosen geben, stieg auf den Tisch, bekränzte den Kopf des Pferdes und rief, indem er mit seinem Elfenbeinzepter das Tier auf den Nacken schlug, mit lauter Stimme:

„Incitatus, hiermit ernenne ich dich zum Konsul!" „Es lebe Incitatus, der neue Konsul!" brauste der Ruf der Gäste durch die weiten Hallen bis hinaus auf die Terrassen und in die Gärten. Dann herrschte wieder atemlose Stille.

„Nun, Licinius, Marco und Ptolemäus, was sagt ihr zu meinem neuen Konsul?"

„Cäsar", sagte Licinius, „dieses herrliche Tier ist nicht Rosen, sondern Perlen und Edelsteine wert!"

„Du hast recht, Licinius, du allein kennst den Wert meines Incitatus. Wohlan, so gebt mir ein Halsband aus Edelsteinen für den neuen Konsul!" wandte sich Caligula an seine Gäste.

Sogleich reichten Lucinia und Viridia, die Frauen von Senatoren, ihren kostbaren Halsschmuck dar. Caligula band die Halsketten zu einer einzigen Kette zusammen und legte diese dem Pferd um den Hals. Dann stieg der Kaiser vom Tisch herunter, zog seinen Purpurmantel aus, warf ihn dem Pferd über den Rücken und rief Licinius und Cassius zu:

„Führt nun den Konsul Incitatus wieder zurück und sorgt mir dafür, dass er bis morgen einen Stall aus Marmor hat! Soldaten sollen seinen Schlaf bewachen und jeder soll meinen Zorn verspüren, der diesen Schlaf zu stören wagt."

Wieder erschollen Rufe: „Heil Incitatus, dem neuen Konsul! Heil dir, Cäsar Augustus!"

Und ein Regen von Blumen ergoss sich auf das Pferd, während Licinius und Cassius mit ihm abzogen.

Das Gastmahl artete in wahre Orgien aus. Auf dem Boden lagen überall zertretene Rosen. Draußen aber graute der Morgen...

7. Kapitel

Caligula saß in der Maske des Neptun mit dem Dreizack auf seinem gold- und perlenverzierten Thron. Vor diesem lagen zwei Sklaven auf dem Angesicht, daneben standen Marco, Licinius und Ptolemäus. In der Nähe des Thrones fletschte neben einem Tierkäfig der einäugige Snphar, Caligulas Folterknecht, seine gelben, hässlichen Zähne wie die Hauer eines Ebers. Eine große, rot- und violett- wie verdorbenes Fleisch schimmernde Narbe lief über das breite und rohe Gesicht des Thraziers, eines ehemaligen Gladiatoren. Seine hässliche Gestalt mit den krummen Beinen war ganz in knappes Leder gehüllt, weil er ständig mit Kohlen und glühendem Eisen zu tun hatte.

Die Wache rief gerade die Stunde aus, als Cassius, von zwei Liktoren begleitet, nahte, um die Tagesparole entgegenzunehmen. Tief bog er vor dem Kaiser das Knie: „Sei gegrüßt, Cäsar, Vater des Vaterlandes!"

„Ei, jetzt kommt mein Knäbchen", höhnte Caligula die Fistelstimme des Zenturio und lachte, dass ihm die Tränen in die Augen traten. In tieferem Tonfälle fügte er dann hinzu: „*Ungut* sei die Parole!"

Unter dem Lachen der Höflinge entfernte sich Cassius. Er hatte den Ausgang noch nicht erreicht, als ein Sklave hereinstürzte und sich heulend Caligula zu Füßen warf:

„Der Grieche Parmenio, o Cäsar, der morgen im Circus deinen Wagen lenken sollte, ist heute Nacht an Gift gestorben."

„Was sagst du, Schurke?" Und mit einem grässlichen Fluch schwang Caligula seinen Dreizack gegen den Zitternden. „Sprich, Kröte, wo war heute Nacht Parmenio?"

„Beim Gastmahl des Valpurnius. Als er nach Hause kam, klagte er über furchtbare Schmerzen und ehe noch ein Arzt helfen konnte, starb er unter entsetzlichen Qualen."

Alles schaute nun auf den Höfling Valpurnius. Und dieser, der vorher bei der Verhöhnung des Cassius am meisten gelacht hatte, erbleichte jetzt und seine Knie schlotterten. Caligula aber schrie wie ein Irrsinniger: „Schlemmer, Trunkenbold! Du hast mir meinen Wagenlenker vergiftet! Aber du sollst meinen Zorn fühlen! Syphar, walte deines Amtes!"

„O Cäsar, ich bin unschuldig!" flehte Valpurnius mit erhobenen Händen und in Todesangst, während ihn der Henker mit roher Faust in den Käfig stieß. Aber drohend rief ihm der Tyrann zu:

„Schweig, Elender, oder ich lasse dir die Zunge ausreißen!" Und dem Syphax befahl er: „Zwick ihn mit deinen glühenden Zangen und lass ihn morgen bei den Spielen den Tieren vorwerfen!"

Caligula wandte sich an die Höflinge:

„Kann mir von euch jemand einen Ersatz für Parmenio nennen? Das Wagenrennen soll morgen stattfinden." Caligulas Stimme klang schneidend.

Die Höflinge erbebten, Licinius aber sprach:

„Cäsar, hier in Rom lebt ein gewisser Ben Hur, ein Jude von fürstlicher Abstammung. Er ist nicht nur ein reicher Schiffsherr, sondern war unter Tiberius auch bekannt durch seine Siege als Wagenlenker. Vor mehreren Jahren besiegte er in Antiochia den ruhmreichen Messala, den Freund des Prokurators Valerius Gratus in Cäsarea."

„Bei den Göttern, Licinius, erzähle mir davon!"

„Wir weilten während des Partherkrieges in der syrischen Hauptstadt, wo zu Ehren der Anwesenheit des Konsuls Maxentius große Wagenrennen im Circus stattfanden. Zwölf Nationen rangen damals um die Palme des Sieges. Jede führte ein Gespann in die Arena. Messala lenkte ein römisches Viergespann mit Rappen; Ben Hur führte ein wunderbares arabisches Schimmelgespann. Die ganze Stadt wurde damals vom Wettfieber ergriffen und gewissenlose Geldwechsler verleiteten Messala, so hoch zu wetten, dass er im Falle des Unterliegens ruiniert war. Der Kampf begann. Messala erlangte in der vierten Runde die Führung und behielt sie fast bis zum Ende. Da stieß Ben Hur in der Schlussrunde in einem gewaltigen Anlauf von der Querseite her an eines der Räder von Messalas Wagen. Dieser stürzte, und Messala blieb mit zerschmetterten Gliedern in der Arena liegen."

„Beim Goldbart des Jupiter! Dieser Ben Hur soll morgen meinen Incitatus lenken! Wo wohnt dieser Jude?" „In einer Villa auf der Appischen Straße. Ich habe ihn aber seit deinem Einzug, dem er auf einer Ehrentribüne beiwohnte, nicht mehr gesehen. Denn er hält sich als Jude von uns Römern fern und hat seinerzeit sogar die ihm dargebotene Gunst des Kaisers Tiberius ausgeschlagen."

„Bei der Keule des Herkules! Ich möchte ihm nicht raten, meinen Befehlen zu trotzen. Licinius", setzte der Kaiser dann hinzu, „mache dich mit deinen Leuten sofort auf, nimm eine Sänfte und schaffe mir Ben Hur zur Stelle. Aber beeile dich, sonst schicke ich dir den Syphax mit glühender Zange nach!"

Die Sonne stand fast in der Mittagshöhe, als Licinius an der Spitze einiger berittener Prätorianer vor der Villa 'Ad Palmas' eintraf. Dumpf pochten die schweren Schläge des Hammers gegen die Tür und riefen im Haus tiefe

Bestürzung hervor, da man von dem Besuch solcher Söldlinge nichts Gutes erwartete. Jammernd umringten Esther, Tirzah, Sagar und die Kinder Ben Hur, der selbst ruhig und gefasst blieb. „Seid stark!" sagte er zu den Ängstlichen und schritt den Ankömmlingen entgegen.

Malluch öffnete das Haustor und Licinius trat mit seinen Prätorianern ein.

„Sei gegrüßt, Ben Hur! Ich bringe dir einen Befehl des Kaisers. Komme sofort und besteige die bereitstehende Sänfte, denn Caligula erwartet dich!"

„Was will der Kaiser von mir?" fragte Ben Hur. Licinius richtete seinen Auftrag aus.

„Ich danke dem Kaiser für die Ehre, die er mir erweisen will, aber mein Sinn steht nicht nach Ruhm." „Ein Wahnsinn wäre es", suchte Licinius zu überreden, „das Anerbieten des Herrschers auszuschlagen. Der Incitatus ist das beste Rennpferd der Welt. Du wirst damit die höchste Gunst des Kaisers ernten."

„Ich begehre als Jude und Nazarener keine Gunst." „Entscheide dich! Der Kaiser hat höchste Eile geboten." Ben Hur sah, wie Esther die Hände flehend zu ihm emporhob. Ein eigentümliches Feuer zuckte daher jetzt über sein Gesicht, als er zu Licinius sagte:

„Nun gut, bringe mich zu Caligula!"

Damit begab sich Ben Hur zur Sänfte, begleitet von den heißesten Segenswünschen der Seinigen.

Bald trabten die Prätorianer auf der Appischen Straße dahin, in ihrer Mitte die Sänfte, deren Träger sie mit Peitschenhieben zur größten Eile anspornten. In den Lüften trillerten Lerchen, in den Wiesen und Feldern längs des Weges zirpten die Grillen.

Mit atemloser Spannung hingen die Blicke der Höflinge an Ben Hur, als dieser vor Caligula stand. Neben dem Kaiser saß Caesonia in leuchtendem Purpur und mit einem strahlenden Diadem auf dem Haupt. Der Dreizack in der Rechten Caligulas zuckte drohend, als er an Ben Hur kein furchtsames Zittern, sondern die eherne Ruhe eines Bronzestandbildes wahrnahm. Ein Lichtstrahl fiel von der Decke auf Ben Hur herab und spielte mit dem Gold und den Perlen seiner Gewandung. Seine Augen aber leuchteten wie zwei Sterne. „Ben Hur, morgen wirst du meinen Incitatus lenken, nachdem ich gehört habe, dass du mit Pferden so gut umgehen kannst!" befahl der Kaiser.

„Misstraue meinem Können, o Cäsar!" Ben Hurs Stimme tönte hell und klar wie eine silberne Glocke. „Wage keine Ausrede!"

„Fast zehn Jahre sind seit jenem Rennen zu Antiochia verstrichen!"

„Sieh dort den Henker!"

„Ich bin ein Jude und Nazarener!"

„Was kümmern mich eure Sekten?"

„Wir Nazarener verschmähen den eitlen Ruhm eines Wagenrennens!"

„Ich lasse dir das Fleisch vom lebendigen Leibe reißen", drohte Caligula und sein Gesicht verfärbte sich purpurn, da er schreiend fragte: „Haben Bacchus oder Venus deinen Verstand umnachtet? Oder was gab dir sonst Mut zu solcher Rede?"

„Mein Herz und die Sterne!" Ben Hurs Stimme klang wie eine Harfe.

„Zum letzten Mal befehle ich dir: entscheide dich und wähle meinen Incitatus oder den Hades!"

„Wer ist mein Gegner beim Rennen?"

„Ein Jude namens Iadok, ein Bankierssohn von Rom." Caligula winkte. Da erschien gezierten, tänzelnden Schrittes ein junger Mann, dessen tiefschwarzes Haar stark nach Salben duftete. Ben Hurs offenes, kühnes Auge begegnete dem unheimlich flackernden Augenpaar des Stutzers, dessen Gestalt jedoch von großer Geschmeidigkeit und Kraft zeugte.

Zweifel stiegen in Caligula auf, da er die beiden miteinander verglich. Weit beugte er sich vor und betrachtete mit Kennerblicken genau ihre Hüften und jede Muskel ihrer nackten Arme. Er flüsterte einige Worte mit Ptolemäus, dann sagte er:

„Ben Hur, du wirst den Albatros des Ptolemäus lenken, Iadok aber meinen Incitatus. Weigert ihr euch aber, so wird Syphax euch die Haut vom Leibe reißen!" Da sagten beide: „Ja." Über Ben Hurs Gesicht aber ging ein Leuchten wie vom Flackern eines Feuers. „Führt nun beide zu den Pferden, damit die Proben sogleich beginnen können!" befahl Caligula.

Durch die weiten Hallen des Palastes rauschte der Beifall der Höflinge wie das Brausen eines Windes...

8. Kapitel

Esther und Tirzah sahen im Circus Maximus von ihren Plätzen aus zur Kaiserloge hinüber. Devadasa, die Tochter Khidhavas und einige Freigelassene waren um sie. Eben nahm Caligula mit Caesonia und den Höflingen unter dem brausenden Jubel des Volkes seinen Platz ein. Der Kaiser prunkte mit Purpur und Diadem. Caesonia strahlte vor Perlen und Edelsteinen. Um sie aber bewegten sich Ptolemäus, Herodes Agrippa und die Fürsten von Thrazien und Armenien wie Planeten um ihren Fixstern. Ringsum leuchteten die festlichen weißen Togen der Vornehmen wie Schnee; prunkvoll glänzte der breite Purpursaum der Ritter und Senatoren. Der Lärm der Menschenmassen wogte durch den Circus wie die Fluten des Meeres, wenn sie der Sturm peitscht.

Esther und die Mädchen hielten ängstlich nach Ben Hur und Khidhava Ausschau. Als Devadasa ihren Vater auf der Tribüne des Kaisers erblickte, winkte sie jubelnd zu ihm hinüber.

Beim Anblick des Königs Ptolemäus war im Volk das Wettfieber erwacht:

„Fünfhundert Sesterzen auf den Albatros!" — „Fünfhundert auf den Incitatus!" — „Beim Pollux, tausend!" — „Zweitausend!"

„Wenn Ben Hur, der Nazarener, heute siegt, will ich deinem Christengott einen Hahn opfern!"

„Und ich dem Jehova ein Rind, wenn Iadok siegt!"

So riefen verschiedene Stimmen durcheinander. Andere besprachen die Pferde und Gespanne, die von den einzelnen Parteien gestellt worden waren. Dann wieder lachte man über die Götterstatuen auf der 'Spina', der Längsmauer des Circus, denen Caligula die Köpfe abschlagen und mit dem Kopf seiner eigenen Bildsäule hatte versehen lassen.

Esthers Blicke waren erwartungsvoll auf das Tor gerichtet, in dem Ben Hur erscheinen musste. Sie bangte um ihren Gemahl und gestand dies auch den Mädchen. Tirzah sprach ihr Mut zu und tröstete sie mit dem Hinweis auf die früheren Erfolge Ben Hurs. Aber ihre bebende Stimme verriet, dass auch sie von banger Sorge erfüllt war. Devadasa versicherte, wie innig sie in der Nacht den Schutz des Himmels auf Ben Hur herabgefleht habe, aber auch ihre Stimme zitterte.

Esther wollte noch etwas erwidern, da ertönten langgezogene Posaunenstöße. Griechische Knaben in bunten Gewändern, das Haar mit Blumen bekränzt, schritten in langer Reihe in die Arena und sangen einen Hymnus aus den Mysterien des Mithras. Dann sah man einen Bacchuszug mit Tänzern, Athleten, Chören und Flötenspielern. Hinter ihnen führten Priester Opfertiere herein, andere trugen Opferschalen und Götterstatuen. Ein Sturm von Beifall erhob sich, als zum Schluss der Zug der Wagenlenker nahte. Alles sprang von den Sitzen; ein Regen von Blumen und Kränzen ergoss sich auf Lenker und Rosse.

Sechs Viergespanne fuhren vor. Auf den zweirädrigen, bunt schillernden, halbmondförmig ausgebuchteten Wagen standen die Lenker wie Halbgötter auf einem Regenbogen. Hell blitzte das Messer auf ihrer Brust, das im Notfall zum Durchschneiden der Zügel diente. Ihre Rechte hielt die Peitsche.

Das Beifallsgeschrei der Menge wuchs zum Orkan, während die Wagenlenker die Schaurunde machten; unaufhörlich ergoss sich über sie ein Blumenregen. „Iadok!" erscholl es jubelnd von allen Seiten, und „Ben Hur!" tönte es als Antwort aus Tausenden von Kehlen zurück. Iadok trug eine grüne, Ben Hur aber eine rote, ärmellose Tunika.

Esthers Herz pochte hörbar, als die Wagenlenker an ihr vorüberzogen. Und als Ben Hur mit der Peitsche zu ihr und den Mädchen hinaufwinkte, da vermochte sie nur ganz schwach die Hand auszustrecken, so sehr hatte die Aufregung ihre Glieder gelähmt. Wie Phoebus Apollo auf seinem Sonnenwagen, so hielt Ben Hur die Zügel seiner vier feurigen Rosse, von denen das rechte Strangpferd Albatros die Führung hatte. Die Nüstern der Rosse spien Feuer und Ben Hur konnte ihr Ungestüm nur mit Mühe bändigen. Dicht hinter Ben Hur folgte Iadok, bei dem der Incitatus das rechte Strangpferd war. Tirzah erbebte, als Ben Hurs Gegner an ihr vorüberzog. Seine Züge erinnerten sie an einen jener Nachtschwärmer, die einst auf der Straße der Ecreo ihre Sänfte überfallen hatten. Nun zogen die übrigen Rosselenker vorüber: ein Grieche in blauer, ein Alexandriner in gelber, ein Kolosser in orangefarbener und ein Gallier in violetter Tunika.

Jetzt verschwand das farbenprächtige Bild und es stieg ein dunkler Qualm und eine Weihrauchsäule auf von dem Opfer, das die Priester in der Arena darbrachten. Dann sah Esther ein weißes Tuch, die 'Mappa' des Präfekten, in der Luft blitzen und herabfallen. Und unter schmetternden Fanfaren sank das Seil, das die Tore vor den Rennenden schloss.

Wie aus einer Armbrust geschossene Pfeile sausten die sechs Gespanne in die Arena. Die Wagenlenker lockerten die Zügel, beugten sich weit vor und jeder suchte den Platz zunächst an der 'Spina', der Längsmauer, die den Circus in der Mitte teilte, zu erreichen. Mächtig schwang Iadok seine lange Peitsche, und unter großem Triumphgeschrei wurde er der erste an der Spina. „Jehova mit uns!" „Jupiter steh' uns bei!" riefen Tausende, sprangen auf die Bänke und versuchten durch Zuruf die Gespanne, auf die sie gewettet hatten, anzuspornen. Als die herrlichen Renner in die Arena flogen, war jedes Auge, jede Faser in dieser ungeheuren Masse nur auf das Schicksal jener Farbe gerichtet, auf die der einzelne Mensch gewettet hatte.

„Zehn Talente auf Iadok!" rief auf der Tribüne des Kaisers eine schrille Stimme. Caligula hatte es gerufen. „Fünfzehn Talente auf Ben Hur!" dröhnte die Bassstimme des Ptolemäus.

Lange hielt Iadok die Spitze; Ben Hur folgte ihm auf dem Fuß. „Sieg dem Juden!" schrien bald die einen, „Sieg dem Nazarener!" die anderen. Knapp hinter Ben Hur folgte der Kolosser und in einem Abstand der Gallier, der Alexandriner und zuletzt der Grieche. Mit jeder Runde aber, da Iadok mit seinen Rossen um die 'Meta', die Zielsäule am Ende der Spina, bog, erzitterten die Wände des Circus von dem Beifalls Gebrüll der einen wie von Verwünschungen der anderen. Aber von der sechsten Runde an schienen Iadoks Rosse zu ermüden; vergebens versuchte er, weit vornübergebeugt, durch Zurufe und mit der Peitsche seinen Vorsprung zu behaupten, den nun allmählich Ben Hur einzuholen begann.

Ben Hur hatte anfangs seine Rosse geschont. Ptolemäus hätte daher in die Arena hinunterfliegen mögen, um ihn anzutreiben: „Ich lasse diesen Nazarener auspeitschen wie einen Hund und in den Tiber werfen!" fluchte er wild; geifernder Schaum trat auf seine Lippen, während Caligula über den Vorsprung Iadoks Freudentränen vergoss. Aber bald erblasste er, da sich der Abstand zwischen Iadok und Ben Hur zusehends verringerte. Unmittelbar hinter Ben Hur kam das Gespann des Griechen. Bald sah man alle drei fast in einer Reihe nebeneinander durch die Arena sausen. Die Hufe der Rosse schienen kaum mehr den Boden zu berühren. Die Räder schienen mit der Luft in eins zu zerfließen. Die Gespanne flogen dahin, als ob der Sonnengott selbst mit seinem Wagen durch die Lüfte sause.

Aber bei der sechsten Runde stieß bei der Wendung um die Meta der Wagen des Griechen an, so dass er zerschellte; der Lenker wurde über die Brüstung geschleudert. Esther und die Mädchen stießen Schreckensschreie aus und schlossen die Augen. Eilig trugen Sklaven den Unglücklichen, der aus tiefen Wunden blutete, hinaus; auch die verletzten Pferde und der zerbrochene Wagen wurden aus der Arena geschafft...

Dann kämpften nur mehr Iadok und Ben Hur um den Sieg. Je mehr sie sich dem Ziel näherten, desto rasender und wilder hieben und schrien beide auf die Rosse ein. Mit verhaltenem Atem hefteten sich aller Blicke auf sie, und es war eine Weile so still, dass man das Schnauben der schweißgebadeten Tiere bis zur Kaiserloge hinauf hören konnte.

Nun war noch zum siebenten und letzten Mal die Bahn zu durchlaufen. Da kehrte Ben Hur plötzlich seine Peitsche um und schleuderte an der langen Schnur deren schweren Holzknauf gegen den Kopf des Albatros. Erschreckt nahmen seine Rosse einen neuen Ansatz. Wie Sturmwind schienen sie mehr in der Luft als auf dem Boden durch die Arena zu fliegen. Kurz hundert Meter vor dem Ziel gewannen sie einen Vorsprung vor Iadok, und unter unermesslichem Jubel des Volkes siegte Ben Hur.

Der Circus bebte von einem Beifallssturm. Jenen, die auf Ben Hur gewettet hatten, erschien er in diesem Augenblick größer als der Cäsar selbst.

„Heil Ben Hur! Heil dem Nazarener!" rief die Menge begeistert, als der Sieger nunmehr zur Cäsarenloge schritt, um als Siegespreis einen goldenen Palmzweig entgegenzunehmen.

Caligulas Platz war jedoch leer. Er hatte es nicht fassen können, dass Incitatus, sein Lieblingspferd, der beste Renner der Welt, besiegt sein sollte. Wie Peitschenhiebe traf ihn der Beifallsjubel der Menge. Durfte er es wagen, sich in diesem Augenblick an einem Sieger zu vergreifen? War dieser nicht der Liebling und Abgott der Massen, auch jenen heilig, die bei den Wetten verloren hatten? Caligula wusste, im Circus war das Volk allmächtig.

„Caesonia, gib du dem Elenden die Palme!" Damit warf er ihr den Palmzweig vor die Füße und wandte sich zornig ab.

Esther, Tirzah und Devadasa jubelten, als sie sahen, wie Ben Hur als Sieger vor Caesonia hintrat. Die rote Tunika lohte an ihm wie eine Flamme. Caesonia zitterte, während sie Ben Hur die Palme reichte; niemand wusste, ob es eine Palme des Lebens oder des Todes war.

Es folgte nun eine Pause, in der Ben Hur, von den seinigen und vom Volk umjubelt, den Circus verließ. Frischer Weihrauch wurde auf die Pfannen gelegt, und Erfrischungen wurden unter die Menge verteilt. Auch Karten in der Art eines Lottospieles wurden gleichzeitig mit geschliffenen Messern ausgeworfen und sofern einer ohne zerschnittene Hände, Arme und Beine aus dem Menschenknäuel hervorging, konnte er entweder zehn Kamele oder zehn Fliegen, zehn Strauße oder zehn Hühnereier, einen Scharlachmantel oder einen Papagei gewinnen. Dann wurde auf Befehl Caligulas der purpurne Deckenvorhang von der Circuskuppel entfernt, so dass die Römer während der größten Mittagshitze dem glühenden

Brand der italienischen Sonne ausgesetzt waren. Als aber daraufhin der Circus sich zu leeren begann, befahl Caligula, alle Ausgänge abzusperren. Zum Schluss ließ er die halbverschmachteten Zuschauer mit Prügeln nach Hause jagen.

9. Kapitel

Ben Hur besprach im Garten seiner Villa mit einem Freigelassenen gerade die Anlage einiger Blumenbeete, als ihm Malluch die Ankunft von Fremden meldete. Er begab sich sogleich ins Atrium, wo eine Abordnung von Hebräern, in weite, bunte Gewänder gehüllt, seiner harrte. Bei seinem Herannahen neigten sie sich tief vor ihm, und ihr Wortführer Philo begrüßte Ben Hur mit einer Hochachtung, aus der deutlich die außerordentliche Wertschätzung der Persönlichkeit des Hausherrn herausklang. Ben Hur erwiderte den Gruß herzlich und fragte nach dem Zweck des Besuches.

Philo sagte, dass sie aus Alexandria kämen, und berichtete von den Judenverfolgungen in der ägyptischen Hauptstadt. Sie seien deshalb eben erst beim Kaiser vorstellig geworden, hätten aber bei Caligula nichts ausrichten können. Sie bäten darum Ben Hur, ihre Sache beim Kaiser zu vertreten.

Ben Hur erkundigte sich teilnahmsvoll um das Los der Juden zu Alexandria und um die Gründe der Unruhen selbst. Philo erzählte nun Näheres:

„Das Volk", sagte er, „dass sich in den Hafenanlagen herumtreibt, setzt sich aus den untersten Schichten der verschiedensten Nationen zusammen und ist von einem tiefen Hass gegen unsere religiösen Gebräuche erfüllt. Sie singen auf den Straßen Schimpflieder gegen uns und stoßen nicht nur die wüstesten Schmähungen aus, sondern greifen auch die Unsrigen wegen geringfügiger Anlässe überall an. So versuchten sie kürzlich auf der Straße einen von uns unter Spott zu zwingen, Schweinefleisch zu essen. Als er sich weigerte, rotteten sich sofort die Massen zusammen. Die Waffen blitzten, Steine flogen und es flossen Ströme von Blut. Es vergeht aber fast kein Tag ohne solche Zusammenstöße." Warum Caligula sie abgewiesen hätte, fragte Ben Hur. „Wir trafen den Kaiser", erzählte Philo, „in ausnehmend schlechter Laune an. Er empfing uns draußen in den Gärten des Lamia, seinem Lieblingsaufenthalt, auf der Terrasse einer unfertigen Villa. Als ich ihm die bedrängte Lage unserer Brüder zu Alexandria dargelegt hatte, sagte Caligula höhnisch: ‚Also das sind die Leute, die mir nicht opfern wollen und etwas Namenloses anbeten. Verflucht sei euer Jehova, der euch mehr gilt als ich, euer Herrscher und oberster Gott!' Wir erbebten schaudernd vor dem grässlichen Fluch, aber ich fasste mich schnell und sagte: ‚Cäsar, gar viele Brandopfer haben wir für dein Wohlergehen dargebracht!' ‚Aber nicht vor meinem Altar!' beharrte Caligula. Dann kehrte er uns den Rücken, sah sich den Bau an und war durch nichts mehr zu bewegen, uns Gehör zu geben."

Ben Hur sagte den Bittstellern gerne seine Hilfe zu. Die Hebräer waren darüber vor Freude fast außer sich. Sie fielen vor ihm nieder, um ihm zu danken. Ben Hur wehrte jedoch ab und hieß sie aufstehen. Er gab ihnen noch eine große Summe Geldes mit:

„Nehmt dies und teilt es mit den Armen unserer Brüder, die zu Antiochia verfolgt und misshandelt werden." Damit waren die Alexandriner entlassen.

Im transtiberischen Judenviertel herrschte gegen Sonnenuntergang noch lebhaftes Treiben. Karren, zum Platzen voll, rasselten über ein unbeschreibliches Pflaster. In den Tavernen, Buden, Werkstätten und in den dampfenden Garküchen waren Köche, Schenkwirte, Krämer, Händler, Fleischer, Zimmerleute und Barbiere emsig beschäftigt. In langen Reihen standen bereits viele feiertäglich gekleidete Juden vor den Kästen der Sandalenputzer, die mit flinken Händen und viel Geschrei ihre Arbeit verrichteten. Es war Freitagabend, und sobald der erste Stern am Himmel erschien, war Sabbat, vielleicht auch schon früher, je nach dem Synagogenkalender, der genau die Minute angab, in der der ‚Schammes', der Synagogendiener, das Tempelhorn an den Mund zu setzen hatte, um in langgezogenen Tönen den Feiertag zu verkünden.

Der Rabbiner Ben Achaz mit schwarzem Mantel und ebensolcher Kopfbedeckung stand mit einem Stock in der Hand in einer Ecke. Nun ertönte das Horn, aber immer noch waren die Sandalenputzer an der Arbeit. Der Rabbiner erhob seinen Stock und schlug leicht auf einen kleinen Putzer, der eben wieder eine neue Arbeit angefangen hatte. Sogleich ließen nun alle von ihrer Arbeit ab.

Bald darauf begann in der Synagoge der Gottesdienst. Das Haupt gesenkt, saßen die Juden und warteten, bis der Vorleser aus den Händen des Oberrabbiners Ben Achaz die Heilige Rolle empfing. Ein Teil der Anwesenden war Nazarener. So verhasst auch die Sekte als solche war, so überwog in der Fremde doch die Rücksicht auf die nationale Zusammengehörigkeit. Auch Ben Hur war mit seiner Familie anwesend.

Die Versammlung stand ganz unter dem Eindruck des Misserfolges der Gesandtschaft an Caligula. Dieser düsteren Stimmung trug nun der Oberrabbiner Rechnung, als er aus dem Schrein, der die heiligen Bücher barg, eine Pergamentrolle mit dem Buch Esraö auswählte.

Ernst lauschten die Hebräer der Vorlesung; wie der Prophet traurig bis zum Abendopfer saß, dann in seinem Elend aufstand, Rock und Mantel zerriss, sein Knie bog und die Hände zum Herrn emporstreckte...

Der Vorleser rollte die Thora wieder zusammen und alles sah nun auf einen würdigen Greis mit wallendem weißen Bart und scharfgeschnittenen Zügen. Dieser richtete Worte des Trostes an die Versammlung und klagte über die Verfolgungen und Leiden, denen das jüdische Volk überall ausgesetzt sei. Die Männer zerrissen ihre Kleider und bargen ihr Angesicht in die Hände. Die Frauen jammerten laut, riefen im Gebet zum Herrn und rauften sich das Haar.

Plötzlich erscholl mitten in den Lärm hinein der Ruf: „Ben Hur!" Alles schaute nun auf das Podium, wo Ben Hurs kühn gestraffte Gestalt neben dem Thronsessel des Oberrabbiners sichtbar wurde. Ein Wink seiner Hand genügte, dass sofort Ruhe eintrat und alles gespannt seinen Worten lauschte.

Ben Hur betonte in eindrucksvoller Rede, wie sehr ihn die Vorgänge der letzten Tage mit Schmerz erfüllten. Am meisten bedaure er aber die Uneinigkeit unter den Juden selbst. Sie sollten mehr Bruderliebe haben, so wie sie der Nazarener lehre.

„Heil, Ben Hur, unser Retter!" riefen nun mehrere. „Wehe, auch Ben Hur ein Nazarener!" schrien andere. Es schien, als verstehe keiner den anderen. Plötzlich schwangen geballte Fäuste über den Köpfen. Alle wollten etwas sagen und sich verständlich machen. In einem

Menschenknäuel ohrenbetäubend schreiender Juden eingekeilt, stand Ben Hur. Furchtsam und schreckensbleich an ihn geschmiegt Esther und Tirzah.

Plötzlich drang Waffenlärm in das Gejohle. Prätorianer, die das Geschrei draußen gehört hatten, stürmten mit gezücktem Schwert in die Synagoge. An ihrer Spitze Cassius, der vor allem mit seinem funkelnden Schild Ben Hur deckte und mit dem blanken Schwert einen Juden abwehrte, der sich mit erhobener Faust auf diesen stürzen wollte. Überrascht sah Cassius in ein paar dunkle, unheimlich blitzende Augen: Es war Iadok.

10. Kapitel

In den Gärten des Cäsar, da, wo zur Rechten das silberne Band des Tibers heraufglänzte, während zur Linken die Höhen des Janikulums grüßten, schritt der Rabbiner Ben Achaz mit seinem Neffen, dem Bankierssohn Iadok, auf verschlungenen Pfaden. Die Sonne war strahlend aufgegangen und zeichnete jedes Blatt am Baum und jede Blume im Gras spiegelscharf. Die beiden Juden hatten für die Schönheit der Natur ringsum keine Augen. Sie waren in ein ernstes Gespräch vertieft. Des Ben Achaz tiefliegende Augen blickten finster, als er auf den Tumult in der Synagoge zu sprechen kam.

„Wir müssen vor diesen Nazarenern auf der Hut sein", betonte er; „Ben Hur hat sich seit jenem Vorfall nicht mehr in der Synagoge sehen lassen. Auch die übrigen Nazarener, seine Freunde sind nicht mehr erschienen. Hast du schon in Erfahrung gebracht, wo sie sich jetzt versammeln?"

„Ich habe durch Eliud, einen Krüppel und Feigen Händler, die Zusammenkünfte der Nazarener ausforschen lassen", antwortete Iadok. Ein kühles Morgenlüftchen spielte mit den Falten seiner Toga und fuhr in sein salbenduftendes Haar. „Sie versammeln sich jetzt allabendlich im Hause Ben Hurs."

„Wir müssten erfahren", fuhr Ben Achaz fort, „was bei diesen geheimen Versammlungen vorgeht. Wenn dort vielleicht Komplotte nicht nur gegen uns, sondern vielleicht sogar gegen den römischen Staat geschmiedet würden — Ben Hur und seine Freunde würden von Caligula wie Würmer zertreten werden."

„Was für eine willkommene Beute", fuhr Ben Achaz fort, „wäre für den geldgierigen Caligula der Reichtum eines Ben Hur! Seitdem der Staatsschatz des Tiberius in Höhe von 575 000 Drachmen vergeudet ist, genügen für den Kaiser die geringsten Anlässe, um reiche Bürger zum Tod zu verurteilen. Caligula soll kürzlich erst, als er beim Würfelspiel eine Summe von 40 000 Sesterzen verloren hatte, sich die Steuerlisten haben bringen lassen. Er suchte dann den Namen des reichen Minucius heraus, befahl, ihn zu töten und sein Vermögen einzuziehen. Darauf setzte er mit größter Gemütsruhe das Spiel fort und erklärte seinen Partnern mit kaltlächelnder Miene: ‚Ihr habt nur 40 000 Sesterzen gewonnen, ich aber zehn Millionen!'"

Ben Achaz wurde ernster; er legte seinem Neffen die Hand auf die Schulter:

„Lass ausforschen, ob sich die Zusammenkünfte bei Ben Hur wirklich gegen uns oder gegen die Staatsordnung richten. Hüte dich aber vor falschen Angaben!" Mit einem

Händedruck verabschiedete er sich von Iadok. Iadoks Gang hatte etwas Schleichendes, Katzenartiges, als er nun allein des Weges weiterschritt. Seine Augen glühten vor Gier, als er an den Reichtum Ben Hurs dachte. Er sah den Gegner, von seiner Rache getroffen, im Staub liegen, während er sich mit Caligula dessen Schätze teilte. Nie mehr würde er dann gezwungen sein, vor seinem Vater, dem geizigen Bankier, das Knie zu beugen. Welche üppige Gelage, welch lustige Feste wollte er dann seinen Freunden geben! Und Tirzah, die Strahlende, sollte dabei die Königin sein.

Ganz von seinen schwarzen Gedanken beherrscht, schloss er eine Weile die Augen. Als er sie wieder aufschlug, stand vor ihm Eliud, der Feigenhändler. Er war mit einem schäbigen Mantel bekleidet. Um den Hals trug er einen Korb mit Datteln und Feigen. Er hatte nur ein Auge, das er auf seinen Bettelwegen mit einer Binde versah. Jetzt hielt er Iadok bettelnd die Hand hin. „Berichte erst, dann erhältst du deinen Lohn!" herrschte ihn Iadok an.

Nun erzählte der Krüppel Neues von nächtlichen Zusammenkünften in Ben Hurs Villa. Er habe auch den kaiserlichen Leibarzt Khidhava und einen Arzt Glaukos von Ostia hingehen sehen.

Iadok warf dem Krüppel ein paar Geldstücke hin, und sprach dann zu ihm eindringlich von Verkleidungen und

Vermummungen, von Sklavenkleidern und falschen Bärten. Auch nannte er ihm genau die Stunde, zu der sie sich abends am Grabmal der Scipionen treffen wollten.

Es war Nacht. Aus der Villa 'Ad Palmas' drang noch ein Lichtschimmer, der gespenstisch auf die Appische Straße hinauszitterte. Aber auch gedämpfte Stimmen und halblaute, seltsame Gesänge verirrten sich dann und wann aus dem Haus.

Von Zeit zu Zeit huschten dunkle, vermummte Gestalten unter den Platanen, deren Wipfel vom Nachtwind leise bewegt wurden, der Villa zu. Immer wieder knarrte dort ein kleines Pförtlein und das Ohr eines alten Torwächters vernahm ein leise geflüstertes Losungswort. Wer sich aber dicht hinter den Gestalten drängte, konnte die geheimen Worte leicht erlauschen und so mochten mit verschiedenen tiefvermummten Gestalten auch Iadok und Eliud durch das Pförtlein geschlüpft sein.

In einem großen Raum lauschte bereits eine ansehnliche Schar den Worten eines ehrwürdigen Greises. Es war der Arzt Glaukos von Ostia, der von einem Podium herab zu den Versammelten sprach.

„Männer und Frauen von Rom!" sagte Glaukos. „Als unter Kaiser Tiberius einmal ein Schiff in die Nähe der Insel Paros kam, vernahm der Steuermann Thamus von der

Insel her eine Stimme, die ihm laut zurief: ‚Wenn du auf die Höhe von Palodes kommst, so verkünde, dass der große Pan tot ist.' Als das Schiff auf dieser Höhe angekommen war, rief Thamus vom Schiffsschnabel aus zum Land hin: ‚Der große Pan ist tot!' Da hörte er lautes Wehklagen und staunende Ausrufe.

„Liebe Brüder und Schwestern! Der große Pan ist tot, und das neue Reich des Messias hat seinen Anfang genommen."

So begann Glaukos, und dann sprach er von der Kürze des Lebens, von dem Glück der Unsterblichkeit und von der Hoffnung auf die ewige Heimat.

Hierauf stimmte die Versammlung den Gesang einer seltsamen Hymne an. Erst leise, dann lauter. Wie zu einem einzigen Strom ineinander getaucht, flutete die Melodie geheimnisvoll durch den Raum, schwebte höher und höher, so dass alle unwillkürlich ihre Blicke nach oben richteten.

Nach dem Gesang herrschte eine Weile tiefe Stille. Nur von der Appischen Straße her tönte das Rasseln von Karren und Wagen und die Wachen riefen die Mitternacht aus.

Plötzlich ging eine Bewegung durch die Versammlung. Khidhava war erschienen. Dieser Inder schien mit seiner reichen orientalischen Tracht, dem dunklen Antlitz, aus dem ein paar Augen wie Sterne funkelten, allen wie eine Offenbarung. Immer noch lag auf ihm ein Schimmer von jener glanzdurchflossenen Nacht, da er dem Stern gefolgt war. Wie er nun jetzt an der Seite Ben Hurs durch die Versammlung schritt, da neigten sich vor den beiden alle tief zur Erde. Und es war fast feierlich, wie Khidhava zuerst Glaukos, dann seine Tochter Devadasa in die Arme schloss. Als er das Podium betrat, herrschte tiefe Stille.

Und nun sprach Khidhava von dem himmlischen Stern, den er einst gesehen und dessen Licht sogar den Glanz des Mondes überstrahlt habe. Er erzählte dann von den Strapazen, die er mit seinem Vater in der Gebirgseinsamkeit und hierauf in der Wüste erduldete, als sie unentwegt dem Stern folgten. Und welch überwältigender Anblick es gewesen wäre, als der Stern über einer Felsenhöhle stehengeblieben sei und mit seinen geheimnisvollen Strahlen das göttliche Kindlein geküsst habe. Gespannt lauschten alle seiner wunderbaren Erzählung. Und immer, wenn er mit der ringgeschmückten Hand nach oben deutete, war es ihnen, als müssten sie dort jenen wunderbaren Stern sehen, von dem er sprach. Als Khidhava geendet hatte, erscholl wieder Gesang. Und dann ließen sich die Anwesenden an einer großen Tafel nieder, an deren Spitze Khidhava, Ben Hur und Glaukos saßen. Als Brote und Wein gebracht, von Khidhava gesegnet und unter die Tischgenossen verteilt waren, bot sich ein Bild, wie wenn der Herr selbst mit seinen Jüngern das Abendmahl eingenommen hätte. Nicht weit von Ben Hur saß an der Tafel auch Iadok mit Eliud. Und wie einst Judas aßen auch sie von den Broten, die herumgereicht wurden, und labten sich am Wein. Indem man sich gegenseitig den Bruderkuss gab, wurde die Tafel auf einen Wink Khidhavas aufgehoben, und der Magier verließ wieder das Haus. Er ließ sich in einer Sänfte in den Kaiserpalast zurückbringen.

Ben Hur hatte ihn vor das Haus begleitet. Dann kehrte er zu seinen Gästen zurück und sprach teilnahmsvoll mit den einzelnen. Er erkundigte sich nach ihrem Befinden und ließ unter die Ärmsten Kleider und Geld verteilen. Am Eingang war ein Tisch aufgestellt, an dem ein Freigelassener Geld abzählte, während ein anderer vor einem Korb mit Kleidern saß. Einen alten Mann, der in armselige Lumpen gehüllt war, fragte Ben Hur, wie er heißt und wo er beschäftigt sei. „Curtius ist mein Name, Herr. Ich bin Sklave bei Barbatus, der einen großen Olivengarten hat."

„Lass dir von meinem Freigelassenen zehn Sesterzen und einen Mantel geben!"

Jetzt trat Ben Hur an Iadok und Eliud heran. Dem Bankierssohn war es, als ob er unter dem Blick Ben Hurs in den Boden sinken müsste. Noch mehr duckte er sich unter seinem Kapuzenmantel, als nun die Stimme Ben Hurs ganz dicht an sein Ohr schlug:

„Wer seid ihr?"

„Herr, arme Feigenhändler aus Ostia flehen dich um Gnade an!" Eliuds Stimme klang unterwürfig.

Iadok griff nach seinem Dolch.

Ben Hur trat dichter an ihn heran und sah ihm forschend in die Augen.

„Du bist Iadok!" rief er dann und riss dem Vermummten die Kapuze herunter. „Du unterstehst dich, wie ein Dieb in mein Haus zu schleichen?" Ben Hurs Stimme klang drohend.

„Herr, ich bin in Not geraten. Nur Hilfe erbitte ich von dir!" Iadok bog das Knie, und Tränen erstickten seine Stimme.

Da wurde Ben Hur milde und fragte Iadok, welcher Kummer auf seiner Seele laste.

„Mein Vater hat dem Kaufmann Salep hunderttausend Sesterzen geliehen, aber alles verloren, weil dessen Schiff in einem Sturm auf hoher See unterging", log Iadok. „Ich kann dir heute nur hundert Sesterzen geben. Komm ein anderes Mal, Iadok, ich will dir weiter helfen."

„Tausendmal Dank!" riefen Iadok und Eliud. Der Freigelassene am Eingang zahlte das Geld an Iadok aus, der eilig das Haus verließ.

11. Kapitel

Caligula war erst von einem Aufenthalt am Nemisee nach Rom zurückgekehrt. Nun saß er in der Maske des ‚Herkules mit der Keule und der Löwenhaut' in seinem Palast und vergnügte sich mit Licinius und Herodes Agrippa beim Würfelspiel. Auf den Tischen ringsum standen noch überall Blumen und Tafelgeschirr. Silberne Becher funkelten von feurigstem Falerner.

Es ging beim Spiel um hohe Einsätze. Caligula verlor fast ununterbrochen.

Die Würfel rollten.

„Verdammt! Was für ein Pech! Ich glaube, ihr wollt am Ende noch mich, den Kaiser, zugrunde richten." „Cäsar", sagte Herodes Agrippa, „du hast heute einen schlechten Tag. Fordere das Schicksal nicht weiter heraus! Lass uns für heute das Spiel beenden!"

„Nein, ich setze nochmals fünftausend Sesterzen!" Wieder rollten die Würfel und wieder verlor der Kaiser.

„Bedenke", sagte Licinius, „Fortuna steht auf einer rollenden Kugel. Was heute unten ist, kann morgen oben sein."

„Einerlei!" sagte Caligula. „Ich spiele weiter. Zehntausend Sesterzen!"

Die Würfel klapperten und wieder verlor Caligula. Er hatte nun fünfzigtausend Sesterzen verloren. Wütend warf er die Würfel auf den Tisch: „Zum Hades mit euch und eurem Würfelspiel..."

Da schleppten Sklaven einen Bettler herein, dem vor Angst die Knie schlotterten. Es war Eliud. Er warf sich vor dem Kaiser mit dem Gesicht zur Erde.

„Was will dieser Mensch?"

„O Cäsar, ich habe eine Verschwörung gegen dich aufgedeckt!" Eliuds Stimme wurde von Tränen fast erstickt. „Auf der Appischen Straße steht eine Villa, die dem bekannten Wagenlenker und Schiffsherrn Ben Hur gehört. Dort finden allnächtlich geheime Zusammenkünfte von Nazarenern statt, wobei Pläne erwogen werden, wie man dich, o Cäsar, vom Thron stoßen könne." „Ben Hur", rief Caligula, „das ist ja der Wagenlenker, der mir meinen Incitatus im Circus besiegt hat! Sprich, Bursche und erzähle alles, was du über seine Machenschaften weißt! Hast du Zeugen, die deine Anklage bestätigen können?"

„Frage Khidhava, deinen Leibarzt, auch er nimmt an den nächtlichen Versammlungen teil!"

„Was, auch Khidhava?"

Caligula erhob sich: „Schafft mir den Leibarzt sofort zur Stelle und holt mir auch den Syphax! Und du, Licinius", wandte er sich an diesen, „Lass sofort Ben Hur samt seiner Familie festnehmen! Sein Vermögen wird eingezogen!"

Bald war Khidhava hereingeführt. Er schien bleich, aber gefasst.

„Khidhava", Caligula deutete dabei auf Eliud, „dieser Mensch da klagt dich und Ben Hur einer Verschwörung gegen mich an!"

„Cäsar, dieser Mann lügt." Khidhava sagte es langsam, fast feierlich.

„Nenne mir sofort deine Mitverschworenen!"

„Es gibt keine."

Caligula winkte dem Syphax. Roh stieß der muskulöse Thrazier den Magier auf die Folterbank. Schnell waren die Schlingen der Stricke um seine Fußknöchel gelegt und seine Arme über den Kopf hinaufgezogen.

„Weder Qualen noch Tod können mich zur Unwahrheit zwingen!" Des Inders Stimme zitterte.

„Überleg es dir, ehe es zu spät ist!"

„Du kannst, Cäsar, meinen Körper in Stücke reißen, aber meinen Geist wirst du nicht beugen!"

Auf einen Wink Caligulas setzte nun der Henker beide Räder, um deren Kurbel die Stricke geschlungen waren, in drehende Bewegung. Durch einen plötzlichen Ruck wurden die Glieder des Magiers gestreckt und über sein Gesicht legte sich Totenblässe. Noch waren die Glieder nicht aus ihren Gelenken gerissen. Das blieb der nächsten Umdrehung des Rades vorbehalten.

Mit verschränkten Armen stand Caligula vor ihm. Seine Augen glühten wie die eines Jaguars, der nach Blut lechzt. „Khidhava, fühlst du dies? Wirst du jetzt alles gestehen?" Ein breites Grinsen umspielte Caligulas Mund. Doch bevor der Leibarzt etwas antworten konnte, meldete ein Sklave, dass der Tribun Rufinus, der eben mit seinen Kohorten aus Pannonien zurückgekehrt sei, den Kaiser in einer wichtigen Angelegenheit zu sprechen wünsche.

Gleich darauf erschien ein Tribun mit wehendem Federbusch und glänzender Rüstung. Hinter ihm einige Soldaten. Sie liefen auf den Kaiser zu, und durch die Halle des Palastes erscholl ihr Ruf: „Victoria!" Caligula und die Höflinge prallten vor den Soldaten erstaunt zurück.

Rufinus aber bog vor dem Kaiser das Knie:

„Auf der Spitze des Schwertes bring ich dir den Sieg meiner Kohorten über die Pannonier!"

Der Cäsar wehrte ab:

Nicht im Palast, draußen auf der Straße ertöne euer Jubel!"

„Aber die alte Vätersitte gibt uns solche Freiheit!"

„Ihr habt die Wachen überlistet!"

„Die Siegbotschaft und die Gunst des Volkes unterstützen dieses Tun!"

Caligula schwieg. Seine Zornesfalten begannen sich langsam zu glätten. Vor dem Mut des Tribunen erwachte auch in ihm der Soldat. Auch verbot ihm die Klugheit, es mit einem siegreichen Feldherrn zu verderben und mit bittergnädiger Miene sagte er:

„Dir und deinen siegreichen Truppen Heil und Dank im Namen Roms! Als Auszeichnung nimm diesen Ring!"
Rufinus aber wehrte ab:

„Nicht Gold und Edelsteine sind was ich begehre, o Cäsar, sondern das Leben und die Freiheit jenes Unglücklichen dort auf der Folter: Khidhava ist mein Vater!" Caligula und die Höflinge starrten Rufinus sprachlos an. Schließlich sagte Caligula:

„Das Leben sei deinem Vater geschenkt. Doch die Freiheit kann ich ihm nicht geben, bevor nicht die Anklage des Hochverrats gegen ihn und Ben Hur geklärt ist." Aus Caligulas Stimme klang aber deutlich die Enttäuschung darüber, dass seine Beute ihm halb aus der Falle entschlüpft war. Dem Eliud, der immer noch am Boden kniete, rief er zornig zu:

„Pack dich fort! Hole dir Zeugen und komme morgen wieder! Bis dahin wird auch Ben Hur zur Stelle geschafft sein."

Syphax drehte auf ein Zeichen Caligulas die Räder in die ursprüngliche Lage zurück. Die Stricke fielen herab und Khidhavas Fesseln lösten sich. Schwer sank sein Körper auf die Folterbank herab. Aber der ausgestandene Schmerz lähmte noch seine Glieder. Nur die Augen schlug er jetzt auf und es war ihm wie im Traum, da nun Rufinus sich über ihn beugte. Da erstrahlten die Augen des Magiers in der Seligkeit des Wiedersehens. Sein Herz bebte und seine Stimme zitterte: „Somadha, mein Sohn!"

Rufinus wich nicht von der Seite seines Vaters, als dieser nun auf einer Bahre in seine Gemächer getragen wurde, die ihm innerhalb des Palastes zugewiesen waren. Und in trauter Zwiesprache genossen dort Vater und Sohn Stunden seligen Wiedersehens. Rufinus erzählte seine wechselvollen Schicksale. Bereits zu Alexandria sei er von seiner Schwester Devadasa getrennt und als Sklave an einen Senator nach Rom verkauft worden, der ihm den Namen ‚Rufinus' gegeben und ihn später freigelassen habe. Dann habe er sich dem Kriegsdienste gewidmet und sei allmählich zum Zenturio vorgerückt. Darauf berichtete er von dem Pannonischen Feldzug, in dem ihm die Auszeichnung eines Tribunen zuteil geworden sei. Nach seiner Rückkehr aus Pannonien sei er glücklich gerade zu der Stunde an die Pforten des Palastes gekommen, als die Kunde von der Folterung seines Vaters wie ein Lauffeuer sich überallhin verbreitete. Dann habe er zur List des Victoria-rufens gegriffen, um so den Vater zu retten.

12. Kapitel

In dem großen kaiserlichen Palast, der eine Stadt im Kleinen bildete, war in einer geräumigen Marmorhalle eine Wache von etwa hundert Prätorianern untergebracht. Um die Tische drängten sich überall Soldaten und vertrieben sich die Zeit mit Würfelspiel und Zechen. Andere machten Turnübungen oder schliefen. Auch vor der Halle zwischen den bunten Säulen des Hofes vergnügten sich Zenturionen mit Würfelspiel, und ihr fröhlicher Lärm vermischte sich mit dem Plätschern der Springbrunnen, die zwischen Palmen ihren silbernen Strahl emporsandten. Zeitweise hörte man nichts als das Klappern der Würfel. Unter den Spielern waren auch Cassius und sein Freund Sabinus.

„Was gilt es", rief Sabinus, „dass dein Nazarenermädchen einen anderen liebt?"

„Zehn Sesterzen!" erwiderte Cassius.

„Wohlan, es sei!"

Die Würfel rollten, und Cassius gewann.

„Beim Goldhaar der Venus! Diesmal hast du mich besiegt. Aber ich gebe mich noch nicht verloren. Noch einmal! Ich setze zwanzig Sesterzen!"

„Einverstanden!"

Schon erhob Cassius den Würfelbecher, als ein Prätorianer wuchtigen Schrittes auf ihn zutrat und ihm eine Wachstafel überreichte. Hastig erbrach Cassius Siegel und Schnur und las:

„Licinius an Cassius! Nimm sofort eine Abteilung Prätorianer und setze Ben Hur mit seiner Familie gefangen. Er ist des Hochverrats angeklagt! Aber beeile dich, der Kaiser wartet!"

Wie betäubt starrte Cassius auf den Befehl. Tirzah sollte er einem entsetzlichen Los, vielleicht sogar dem Tod, ausliefern? Ein glühender Hass flammte in ihm gegen Caligula auf, von dem dieser Befehl ausging. Sollte er den Stahl, den er für den Tyrannen führen sollte, nicht gegen diesen selbst kehren? Aber dann überlegte er. Konnte er nicht, wenn er jetzt scheinbar auf den Auftrag einging, Tirzah mehr nützen, als wenn er sein eigenes Leben aufs Spiel setzte?

Darum gab er dem Soldaten das Wachstäfelchen kurz entschlossen zurück:

„Melde meinem Vater, dass der Befehl ausgeführt wird!"

Zu Sabinus aber sagte Cassius:

„Bleibe mit fünfzig Mann Wache hier im Palast! Mit den übrigen will ich mich eilends aufmachen, um den Befehl meines Vaters auszuführen."

Alsbald flogen Befehle hin und her. In der Halle und im Hof wurde es lebendig. Schnell griffen die aufgerufenen Leute des Cassius zu den Waffen und schon nach wenigen Minuten verließ ein Trupp Soldaten den Palast, an der Spitze Cassius, hoch zu Pferd. Bei sengender Mittagshitze marschierten sie auf der Appischen Straße der Villa 'Ad Palmas' zu.

Licinius ging im Atrium seines Palastes erregt auf und ab und wartete mit fieberhafter Ungeduld auf die Rückkehr seines Sohnes. Der Kaiser war unberechenbar und so musste bei jedem Befehl, dem sich Hindernisse entgegensetzten, das Schlimmste befürchtet werden. Erwartungsvoll sah Licinius nach der Wasseruhr. Diese kehrte ein Sklave pünktlich um, so oft eine Schale geleert war, was immer eine Stunde bedeutete. Es herrschte beklemmendes Schweigen. Plötzlich horchte der Präfekt auf. Er hörte Schritte nahen. Gleich darauf trat Cassius vor ihn hin. Er grüßte flüchtig, und auch Licinius erwiderte den Gruß ziemlich kalt. Ein Schatten schien zwischen beiden zu stehen.

„Hast du Ben Hur festgenommen?" Licinius fragte schnell und ungeduldig.

„Der Befehl erging zu spät. Als ich mit den Prätorianern das Haus umstellte und die Villa von oben bis unten durchsuchte, fand ich sie leer. Nur ein alter Freigelassener war dort, der uns mitteilte, dass Ben Hur mit seiner Familie Landaufenthalt genommen habe."

Licinius stieß einen grässlichen Fluch aus:

„Du Ungeratener! Erwürgen könnte ich dich. Weißt du denn nicht, dass es meinen und deinen Kopf kostet, wenn Caligula erfährt, dass Ben Hur entkommen ist?" Licinius schrie wie ein Irrsinniger und ballte drohend die Faust. Angstschweiß trat auf seine Stirn. Endlich fasste er sich und fragte:

„Wohin hat sich Ben Hur begeben?"

„Ben Hur soll sich mit seiner Familie zu Schiff nach Antium begeben haben", log Cassius.

„Dann lasse sofort eine Trireme ausrüsten, fahre mit den Prätorianern nach und führe die Verhaftung durch! Beim Jupiter! Habe ich nicht recht gehabt, als ich dich vor dem Umgang mit Ben Hurs Schwester warnte? Wie leicht könntest du mit in den Hochverrat verwickelt werden!"

Cassius blickte finster vor sich und schwieg. Licinius aber fuhr fort:

„Unbegreiflicher Tor, der du bist! Wie kannst du dich als Römer dieser fremden Jüdin an den Hals werfen? Sie ist weder schöner noch reicher als Lucilia aus dem altberühmten Rittergeschlecht der Claudier, mit denen ich seit jeher so eng befreundet bin!"

Über des Cassius Gesicht zuckte es:

„Vater! Tirzah ist wie eine aufgeblühte Rose. Wer ihre Schönheit und Unschuld einmal kennengelernt hat, ist für sie voller Bewunderung. Ich weiß als Römer wohl, was sich für mich ziemt und bin entschlossen, für meine und Tirzahs Ehre mit meinem Leben einzustehen."

Unwillkürlich griff Cassius nach seinem Schwert. Licinius aber streckte abwehrend die Hand aus:

„Geh und führe meinen Befehl aus — oder ich habe keinen Sohn mehr!"

Des Präfekten Stimme klang drohend.

Bald darauf verließ eine Trireme mit Bewaffneten die Ufer des Tiber. Heller Gischt spritzte unter kräftigen Ruderschlägen empor und fiel unter den Strahlen der Sonne wie glitzernde Perlen auf das Wasser zurück...

13. Kapitel

Eliud zitterte noch an allen Gliedern, als er die Schwelle des Kaiserpalastes überschritt und schwur, sie so bald nicht wieder zu betreten. Nun eilte er, Iadok das Vorgefallene mitzuteilen.

Er traf seinen Herrn in übelster Laune, denn dieser hatte inzwischen durch seine Sklaven von der unerwarteten Abreise Ben Hurs Kenntnis erhalten. Er schickte daher Eliud sogleich wieder fort und befahl ihm, mit Hilfe seiner Komplizen, die als Händler oder Bettler in den dunkelsten Schlupfwinkeln Roms herumschlichen, den Aufenthalt Ben Hurs und Tirzahs ausfindig zu machen.

Eliud pflegte sich in der Nähe des Quirinustempels, wo zahlreiche Händler billiges Obst feilhielten, mit frischen Früchten zu versehen. Prätorianer marschierten hallenden Trittes an ihm vorüber. In den Buden der Händler trieben sich phrygische Dirnen herum. Wechsler klapperten mit ihren Geldstücken auf morschen Tischen. Dort hämmerte ein Arbeiter auf einem Amboss spanisches Gold. Dazu das Geschrei schmutziger Händler und das Flehen von Schiffbrüchigen, die ein mit Binden umwickeltes Stück eines Wracks in den Händen hielten und um Almosen bettelten. Dann sah Eliud die Menge wieder verblüfft vor einem Maueranschlag Caligulas stehenbleiben, der jedoch in so kleiner Schrift und so hoch angebracht war, dass ihn niemand lesen konnte, was der Kaiser absichtlich angeordnet hatte, um desto mehr Verfehlungen und Geldstrafen feststellen zu können.

Eben hatte Eliud einer Obstbude den Rücken gekehrt, als ihm plötzlich jemand vertraulich auf die Schulter klopfte. Vor ihm stand ein Mann in zerlumpten Kleidern:

„Eliud!"

„Ah, du bist es, Pengatos!"

„Höre, Eliud! Heute habe ich für dich eine ganz besondere Neuigkeit. Die Familie Ben Hurs ist in der Nähe von Misenum von den Leuten des Lampsakus überfallen und in Gefangenschaft geschleppt worden. Gegen 50 000 Sesterzen Lösegeld kann jedem der Gefangenen die Freiheit erkauft werden. Kennst du vielleicht Verwandte dieser Familie?"

„Deine Neuigkeit ist so viel wert wie ein goldenes Kalb, das ich freilich nicht habe. Aber mit Verwandten und einem Lösegeld kann vielleicht geholfen werden. Weißt du was, Pengatos? Du bleibst jetzt hier stehen und wartest, bis ich in etwa einer Stunde wieder zurück bin und mit den Verwandten gesprochen habe. Ich denke, dass wir beide heute noch zu einem numidischen Huhn kommen."

„Einverstanden. Solltest du mich aber hier vergeblich warten lassen, so werde ich dir Lampsakus auf die Fersen hetzen!"

Bald stand Eliud wieder vor Iadok. Dieser war gerade dem Bad entstiegen und duftete nach Salben. Als ihm Eliud von der Gefangennahme der Familie Ben Hurs Mitteilung machte, meinte er mit einem siegesgewissen Lächeln:

„Endlich eine vernünftige Nachricht! Teile deinen Komplizen sofort mit, dass Tirzah ausgelöst wird. Ihre Angehörigen aber mögen meinetwegen zum Hades fahren! Nun laufe und spute dich!"

Der Krüppel rührte sich jedoch nicht von der Stelle. „Was stehst du noch, du Kröte? Mache, dass du fortkommst, oder ich lasse dich die Peitsche fühlen!"

Eliud stand noch immer unbeweglich da und streckte jetzt Iadok die Hand hin:

„Herr, das Lösegeld und die Belohnung!"

Da trat Iadok zu einer Truhe, nahm einige Beutel voll Geld heraus und warf sie dem Krüppel zu:

„Hier hast du Geld. Den Rest erhältst du, wenn Tirzah in meiner Gewalt ist. Miete nun sofort eine Sänfte und sorge dafür, dass Tirzah mir noch heute ins Haus geschafft wird!"

„Du bist ein zweiter Krösus!" rief Eliud und erging sich in überschwänglichen Dankesbezeugungen.

Als der Krüppel fort war, irrte Iadok wie ein Betrunkener im Haus umher. Er gab seinen Sklaven die wunderlichsten Befehle und warf sich schließlich müde auf ein Ruhelage. Er schloss die Augen und träumte von Tirzahs dunklen Augen, ihren kirschroten Lippen und ihrem glänzenden Haar. Iadok wusste nicht, wie lange er so gelegen hatte, als er plötzlich emporschreckte. Er hörte Tritte nahen. Es erschien ein Sklave und meldete, dass eine Abteilung Prätorianer an der Tür pochten und Einlass begehren. Iadok erbleichte und der Schrecken peitschte ihn vom Lager auf.

„Lass sie herein!" befahl er tonlos.

Gleich darauf klirrten die schweren Schritte von Bewaffneten im Haus, dann im Gemach Iadoks. Ein Prätorianer überreichte ihm eine versiegelte Wachstafel. Iadok entfernte das Siegel und las:

„Licinius an Iadok! Meine Prätorianer haben Befehl, dich sofort zu mir in den Palast zu einer wichtigen Besprechung zu bringen!"

Iadok hätte sich am liebsten auf den Gipfel des Sorakte gewünscht. Aber es gab jetzt keine Wahl. Er musste dem Befehl gehorchen.

Licinius durchmaß gerade mit großen Schritten das Atrium, als Iadok zu ihm geführt wurde. Nun blieb er vor diesem stehen:

„Gegen deine Auslösung Tirzahs muss ich als Verfügungsberechtigter über die Familie und Habe Ben Hurs Verwahrung einlegen!"

Iadok war wie vom Donner gerührt. Sprachlos starrte er den Präfekten an. Dieser aber fuhr fort:

„Ich habe durch einen meiner Sklaven Eliud unauffällig überwachen lassen und erfuhr das Gespräch, das er heute Morgen beim Quirinustempel mit einem seiner Komplizen führte. Lampsakus macht schon seit längerer Zeit die Umgebung von Rom unsicher. Es ist bereits Vorsorge getroffen, dass ihm das Handwerk gelegt wird. Du und Eliud aber, ihr seid meine Gefangenen!" Iadok warf sich Licinius flehend vor die Füße: „Erbarmen, edler Präfekt! Tirzah ist meine Braut", log er. „Verlange von mir das höchste Lösegeld! Nur gib mir das Mädchen frei!"

Nachdenklich ging Licinius auf und ab. Er schien mit einem Entschluss zu kämpfen. Konnte sich ihm eine bessere Gelegenheit bieten, Tirzah und Cassius für immer voneinander zu trennen? Er blieb vor Iadok stehen:

„Könntest du 100000 Sesterzen als Lösegeld zahlen?"
„Gerne will ich eine solche Summe zahlen, ja ich will noch größere Opfer bringen, wenn nur sie, der Traum meiner Nächte, mein wird!"

„Gut", sagte Licinius. „Steh auf, du kannst jetzt gehen! Ein Sklave, der zur Empfangnahme des Geldes bevollmächtigt ist, wird dich begleiten!"

Iadok sprang flink vom Boden auf wie eine Katze, wenn sie Morgenluft wittert. Tief neigte er sich vor Licinius zur Erde und schritt dann hocherhobenen Hauptes hinaus. Er fühlte neue Lebenskraft. Triumphierend wie ein Sieger schritt er seiner Villa zu. Ein Sklave des Präfekten aber war an seiner Seite.

Vor Licinius trat bald darauf der Tribun Rufinus. Der Präfekt hatte ihn rufen lassen. Ein blanker Helm deckte das Haupt des Tribunen, rechts über seiner Brust hing das kurze römische Schwert. Aus seinen Augen aber strahlte das Feuer der Jugend.

Der Präfekt machte ihm von der Gefangennahme der Familie Ben Hurs durch Lampsakus Mitteilung und fügte hinzu:

„Cassius hat die Verfolgung Ben Hurs zur See aufgenommen und ist noch nicht zurückgekehrt. Clodius hat heute Circuswache und Sabinus Palastwache. Es ist daher die Reihe an dich und deinen Leute, die Verfolgung der Räuber zu Lande aufzunehmen und die Familie Ben Hurs zur Stelle zu schaffen. Glaubst du, dieser Aufgabe gewachsen zu sein?"

Licinius traf diese Mitteilung wie ein Blitz aus heiterem Himmel. Aber an Selbstbeherrschung gewöhnt, fasste er sich schnell und antwortete ruhig:

„Unter dem Tribunen Quintus Hostilius habe ich mich einst an der Verfolgung von Räuberbanden in der Umgebung Roms beteiligt und vielleicht erinnerst du dich, edler Licinius, dass es uns damals gelungen ist, den berüchtigten Räuberhauptmann Tulla mit vierhundert Mann dingfest zu machen."

„Wohl, ich erinnere mich. Mache dich also jetzt sofort mit deinen Leuten auf, denn der Kaiser fragt fast stündlich nach Ben Hur!"

Eisern dröhnten in dem eisenbeschlagenen Soldatenschuh des Rufinus Tritte auf dem Mosaikboden. Und bald darauf zog durch die Straßen Roms eine wohlausgerüstete Kohorte, an ihrer Spitze Rufinus.

14. Kapitel

Zur heißen Jahreszeit, als die Römer in Scharen aus der Stadt flohen, um an der Meeresküste und in den Bergen Erholung zu suchen, begab sich auch Ben Hur mit seiner Familie auf sein Landgut nach Misenum. Er wollte aber damit eine Seereise nach Sizilien verbinden, wo er seinen Geschäftsfreund Lyfostratus in Syrakus aufsuchen wollte.

Am Tag der Abreise wurde beim Morgengrauen ein geräumiger Reisewagen bespannt, den die Frauen und Kinder jubelnd bestiegen.

„O wie schön!" rief Tirzah, während sie sich im Wagen zurechtsetzte. „Wie herrlich lässt sich hier während der Fahrt die Gegend bewundern!"

Tirzahs Augen strahlten, da sie die grünseidenen Vorhänge zurückschob.

„Aber warte nur", rief ihr Sagar zu, „bis die Sonne mit ihren sengenden Gluten kommt! Die werden dir das Vergnügen bald verleiden!"

Esther aber schalt Tirzah:

„Du bist die erste im Wagen, aber die Puppe der Miriam und die Kleider Gamaliels hast du vergessen, du Leichtsinnige!"

Doch schon kam Devadasa lachend herbeigestürzt und hielt die zurückgelassenen Sachen triumphierend in den Händen.

Gamaliel und Miriam versteckten sich spielend hinter den Vorhängen und riefen den Freigelassenen, während diese mit dem Verstauen des Gepäcks beschäftigt waren, Scherzworte zu. Dann wurde der Hengst Aldebaran vorgeführt, auf dem Ben Hur neben dem Wagen her reiten wollte. Gamaliel und Miriam ruhten nicht eher, bis Malluch sie einmal auf das Tier setzte. „Wollt ihr Püppchen schon Pferdelenker spielen?" rief lachend Ben Hur, der nun aus dem Haus kam. Kosend hob er die Kinder vom Hengst herunter. Leicht wie Spielfiguren schwang er sie in seiner sehnigen Faust durch die Luft und setzte sie fröhlich in den Wagen, worauf er sich selbst aufs Pferd schwang. Auf seinen Wink setzte sich der Reisewagen, dem der zurückbleibende alte Niso noch die letzten Grüße zuwinkte, in Bewegung.

Hinter dem Reisewagen beförderte die Dienerschaft auf Maultieren das nötige Gepäck, Proviant und Hausgeräte, überdies viele Kostbarkeiten, wertvolle Gefäße und Teppiche, auch Geld in Säcken wurde mitgenommen. Zum Schutz der Reisenden waren die Freigelassenen fast alle bewaffnet. Es war ein stattlicher, reicher Zug. Die Maultiere und Pferde trugen purpurne und bestickte Decken, die Wagen waren mit bunten Figuren bemalt.

Die Reise ging zunächst auf der Appischen Straße über Aricia, Lanuvium, Terracina nach Fundi, das nach drei Tagen erreicht wurde. Dann führte der Weg über Formiae direkt der Meeresküste entlang nach Cuma und endlich am sechsten Tage nach Putcoli. Hier musste man sich trennen.

Als Esthers Augen beim Abschied feucht schimmerten, tröstete sie Ben Hur mit dem Hinweis auf die Kürze der Zeit, die sie voneinander getrennt sein würden. „Bleibe!" riefen jedoch Esther und die anderen und versuchten ihn festzuhalten. „Nur einen Tag bleib noch bei uns!"

Ben Hur riss sich fast gewaltsam von den Seinigen los und von tausend Segenswünschen der Frauen und Mädchen begleitet, begab er sich schnell auf das Schiff. Sein Gefolge bestand aus zahlreichen Freigelassenen, an der Spitze Perias und Milon, die Reittiere und Maulesel mit Gepäck mitführten. Die Mehrzahl der Dienerschaft aber blieb unter der Führung Malluchs zum Schutz der Familie zurück.

Unter allen Segeln und Masten kannte Esther die prächtige 'Syria' heraus, die mit ihrem schwanengleich aufgerichteten Bug und den vielen Rudern einem zierlichen Fabeltier mit schönem Hals und Hunderten schlanker Füße glich. Das Herz wurde den Frauen schwer, als sie das Schiff nun mit Ben Hur in die blaue See hinausstechen sahen. Der Hafen wimmelte vom Leben und Treiben fremder Kaufleute und eine schaulustige Menge konnte sich nicht satt sehen an dem abwechslungsreichen Bild, wenn die mächtigen Dreiruderer von allen Küsten des Mittelmeeres unaufhörlich ankamen und abfuhren. Esther und die anderen sahen aber inmitten allen Getümmels jetzt nur eine Gestalt, Ben Hur, wie er auf dem Verdeck der 'Syria' stand, mit der Hand lächelnd zu ihnen herüberwinkte und ihnen ein letztes „Lebt wohl!" zurief. Der Nordwind blähte in die Segel, und das Schiff glitt sehr schnell über die dunkelblauen Wogen.

Esthers Augen glänzten vor Tränen. Noch nie hatte der purpurviolette Glanz, in den der lachende Himmel das Meer tauchte, die Frauen so wehmütig gestimmt. Schweigend schlugen sie mit der Dienerschaft den Weg nach Misenum ein. Die Straße führte zum Berg Novus hin allmählich steil aufwärts. Rechts dehnten sich dunkle Wälder aus, von tiefzerklüfteten Felsenschluchten durchzogen, links glitzerten aus der Ferne die silbernen Fluten des Meeres. Über den Häuptern der Reisenden jubilierten Lerchen der strahlenden Sonne entgegen.

An einer Wegkreuzung schrien die Frauen plötzlich entsetzt auf. Schwarze Masken tauchten wie Unterweltsfratzen aus dem Gebüsch vor ihnen auf. Gleichzeitig Geschrei und Gebrüll aus Hunderten von

Kehlen, dass die Luft davon erzitterte. Hocherhobene Schwerter und Dolche blitzten in der Sonne. Die Frauen verloren vor Angst und Schrecken das Bewusstsein.

Als Esther die Augen wieder aufschlug, befand sie sich mit Tirzah und den anderen in einer Felsenhöhle, die nur spärlich vom Tageslicht erhellt war. Wie Blumen, die ein rauer Sturm geknickt hat, saßen die Armen gesenkten Hauptes und bleich vor Entsetzen auf dem Boden. Esther, an Sagar geschmiegt, hatte Miriam auf dem Schoß, Tirzah umschloss Gamaliel mit den Armen, während Devadasa sich leicht an Tirzahs Schulter lehnte. Das beklemmende Schweigen wurde nur vom Schluchzen der Frauen und Kinder oder von dem lebhaften Gehabe der Briganten unterbrochen, die sie durch unwegsame Wälder in diesen Schlupfwinkel geschleppt hatten. Auch die Dienerschaft wurde, soweit sie nicht niedergemetzelt war, in einer solchen Höhle gefangen gehalten. Ab und zu brachte einer der Banditen etwas Brot und ihren Durst löschten die Gefangenen aus einem Krug mit Wasser, der am Boden stand. Zwischen Aufregung und Ermattung senkte sich der Schlaf mitleidig auf sie nieder, als sie plötzlich vor schweren Schritten emporschreckten. Ein Mann von grimmigem Aussehen stand vor den Frauen. Er war muskulös und breitschulterig, Und hinter seinem struppigen Bart grinste er nun die Frauen so höhnisch an, dass diese entsetzt aufschrien. Es war Lampsakus, der Brigantenanführer.

„Wo ist Tirzah?" Die Stimme von Lampsakus klang rau und heiser wie die eines Raubvogels.

Tirzah stöhnte und zitterte an allen Gliedern, während sie sich vom Boden aufrichtete.

„Tirzah", sagte Lampsakus, „ein Verwandter hat dich ausgelöst. Die Sänfte steht für dich bereit."

„Lass uns mit! Hab Erbarmen! Gib uns frei!" riefen da die anderen. Flehend hoben die Ärmsten ihre Hände zum Briganten empor. Das Geschrei der Kinder hätte einen Stein erweichen mögen.

Verzweifelt rang Tirzah die Hände und beschwor den Lampsakus, sie doch um Himmelswillen bei den ihrigen zu lassen. Gern verzichte sie auf ihre Freiheit. Lampsakus aber stieß die Kinder grausam zurück und zerrte Tirzah roh zum Ausgang. Dort wurde sie vom Briganten in eine bereitstehende Sänfte gestoßen. Es war fast Abend, als die Träger mit ihrer Bürde auf einsamen, verlassenen Pfaden in Richtung Rom eilten.

Noch in der gleichen Nacht wurde Tirzah in Iadoks Haus gebracht. Sie hatte dort Einlass erhalten und war dann, mit wohlriechenden Essenzen gesalbt und mit kostbaren

Gewändern angetan, allein gelassen worden. Nun lag sie in einem der Gemächer auf einem Prunkbett, zwar von Sklaven bewacht, aber sonst ganz sich selbst überlassen. Sie war blass und auf ihrem Gesicht lagen deutlich die Spuren der ausgestandenen Aufregung. Auch jetzt noch beschattete eine Wolke lebhafter Unruhe und Angst über das Ungewisse ihrer gegenwärtigen Lage ihre Stirn. Tirzah wusste nicht, in wessen Haus sie sich befand, da den Sklaven ihr gegenüber strengstes Stillschweigen auferlegt worden war. Sie dachte nicht anders, als dass Cassius ihre Auslieferung veranlasst habe. Bei jedem Geräusch glaubte sie nun, seine Schritte nahen zu hören.

Sie erstarrte fast vor Entsetzen, als am Morgen plötzlich der Vorhang zur Seite rauschte und Iadok auf der Schwelle sichtbar wurde. Ein höhnisches Lächeln umspielte seine Lippen. Seine grünlichen Augen glühten wie die eines Panthers, der sich auf sein Opfer stürzen will. In jähem Schreck schrie Tirzah auf. Iadok aber war mit einem raschen Sprung an ihrer Seite. „Tirzah, du Königin aller Blumen!"

Tirzah streckte abwehrend die Hände aus.

„Du Sonne meines Lebens!"

„Verschone mich!"

„Ich bin dein Sklave!"

„Ich will zurück zu den Meinigen."

„Kostbare Perlen leg ich dir zu Füßen!" Iadok reichte ihr auf den Knien eine lange Perlenhalskette hin, aber Tirzah wies das Kleinod von sich: „Ich verabscheue dich und deine List!"

Unwillig wandte Tirzah ihr Gesicht weg von dem heißen Atem, der von Iadok ausging.

„Warte nur, Schätzchen, ich werde dich schon zähmen!" Damit schnellte Iadok in die Höhe, um das Mädchen mit Gewalt an sich zu reißen. Tirzah aber stieß ihn vor die Brust, entschlüpfte seinen Händen und flüchtete sich entsetzt hinter einen Tisch, der in der Mitte des Gemaches stand und nun begann ein erbitterter Wettlauf rings um den Tisch herum. Fast hatte Iadok sie erreicht, da warf sie sich herum und wieder jagte Iadok sie im Kreis. Da fiel ihr Auge auf das offene Fenster. Ein rettender Gedanke durchzuckte sie. Das Gemach lag zur ebener Erde. Mit einem kühnen Satz schwang sie sich hinaus und ohne sich umzusehen, lief sie, so schnell ihre Füße sie tragen konnten, durch den Garten. Sie setzte über den Zaun, überquerte einen Platz und rannte durch enge, lange Straßen. Ohne Rast lief sie immerzu, bis sie in ein stilles Stadtviertel kam, wo sie erschöpft vor einer Haustür zusammenbrach. Mitleidige Hände trugen sie über die Schwelle in eine ärmliche Wohnung und betteten sie auf ein Ruhelager.

Tirzah war gerettet.

15. Kapitel

Wie eine junge Eiche, vom Sturm zwar ungebrochen, aber tief niedergebeugt, so saß Cassius bei der Mittagshitze niedergeschlagen auf einer Marmorbank im Hof des Kaiserpalastes. Eben war er mit seinen Prätorianern ganz unverrichteter Dinge von der Seestreife zurückgekehrt. Nun zermarterte er sein Gehirn, um einen Ausweg aus dem Wirrsal zu finden, in das ihn der Kampf zwischen Soldatenpflicht und Liebe gestürzt hatte. Erst als Sabinus, sein Vertrauter, der in seiner Abwesenheit die Palastwache übernommen hatte, auf ihn zutrat, riss es ihn von seinem Hinbrüten auf.

„Sei gegrüßt, Cassius! Möge dir die Ruhe nach der Arbeit süß sein! Habt ihr Ben Hur gefunden?"

„Sei gegrüßt, Sabinus! Möge dir Kypris allzeit gewogen sein! Ben Hur aber möge der Aeolus lieber zu den Hesperiden-Inseln verschlagen, als dass er diesem Narren Caligula zum Opfer fällt!"

„Ich weiß, dass du Ben Hur beschützt. Und bei den Flügelschuhen des Hermes, er hat uns beim Wagenrennen und vorher schon bei Hof alle in höchstes Erstaunen gesetzt. Weißt du aber, dass seine Familie von Räubern gefangen, Tirzah jedoch von Iadok ausgelöst worden ist?"

Cassius stieß einen fürchterlichen Fluch aus:

„Dieser Schurke! Mir, dem Römer, die Geliebte zu entreißen! Aber beim Herkules, das soll er mir büßen!"

Auf die Frage an den Freund, ob denn sein Vater als Verfügungsberechtigter nicht Einspruch gegen die Schamlosigkeit Iadoks erhoben habe, erzählte Sabinus weiter, wie Licinius Tirzah um schnödes Geld an Iadok verschachert habe.

Jetzt verließ den Cassius alle Besonnenheit. Mit einer Stimme, die selbst Sabinus erbeben ließ, rief er: „Wehe, welcher Verrat geschieht an mir! Tod dem Caligula, diesem Tyrannen, der all dies Unglück verschuldet hat! Tod ihm und seiner ganzen Brut!" Verwundert stürzten auf das Geschrei die Prätorianer der Palastwache herbei. Alle umringten den Tobenden. Als sie nun den Sachverhalt erfuhren, waren alle mit Cassius einer Meinung. Der so viele Jahre zurückgehaltene Groll gegen den verhassten Tyrannen brach jetzt übermächtig hervor, und von allen Seiten erhoben sich Rufe:

„Kein Tag vergeht ohne Grausamkeit!"

„Caligula befleckt unsere Soldatenehre!"

„Täglich befiehlt uns der Tyrann, unschuldig Blut zu vergießen!"

„Statt mit Lob und Anerkennung überhäuft er uns mit Hohn und Spott!"

„Wer von uns hat nicht schon einen Freund oder Verwandten durch die Ruchlosigkeit dieses Tyrannen verloren?"

„Sogar Marco, Silanus und Ptolemäus sind schuldlos durch ihn gefallen!"

„Wehe! Bald wird auch an uns die Reihe kommen!" „Wie lange noch sollen wir die Schmach ertragen?" Drohend schwangen alle ihre Schwerter und stimmten in den Ruf des Cassius ein:

„Nieder mit Caligula! Tod dem Tyrannen!"

So scharten sie sich um Cassius als ihren Führer. Nur der Zenturio Erbolus wagte einzuwenden, dass es vielleicht zwecklos sei, gerade jetzt loszuschlagen. Caligula weile augenblicklich im Circus, wo er von einer starken Leibwache umgeben sei.

„Wir müssen vorsichtig sein!" riefen mahnend auch verschiedene andere.

Cassius aber schalt sie Hasenfüße:

„Eure Feigheit", rief er, „ist eines Römers unwürdig! Ist denn nicht Clodius, der heute die Circuswache hat, unser

Freund? Mit seiner Hilfe werden wir die Wache leicht überwältigen. Darum auf und folgt mir jetzt zum Circus, denn wir dürfen keine Zeit verlieren! Auf für Vaterland und Freiheit!"

„Auf für Vaterland und Freiheit! Es lebe Cassius Chärea! Nieder mit Caligula!"

So scholl es dem Cassius begeistert entgegen. Dann herrschte eine Weile wieder Stille. Nur das Echo und der Murmelton der Springbrunnen im Hof antworteten ihnen. Kein Laut regte sich im Palast. Niemand schien sich der Empörung zu widersetzen, so viele Feinde hatte Caligula, die seinen Tod ersehnten.

Die Prätorianer aber schritten nun hinter Cassius dem Circus zu. Sie wählten den Weg durch die Gartenanlagen des Palastes, die am Südabhang des palatinischen Hügels terrassenförmig abfielen und bis zur Längsseite des Circusbaues hinabführten, wo sich die Tribüne für den Kaiser und die Senatoren befand. Mittagsglut lag auf den Rosen und Violengärten und die Blumen neigten traurig die Köpfe, als ahnten sie jetzt, da die Soldaten an ihnen vorüberzogen, all das Fürchterliche, das sich in der nächsten Stunde ereignen sollte. Grüßend wichen am Circuseingang die Wachen vor Cassius, dem Zenturionen, zurück. Dieser ließ sofort Clodius rufen und hatte sich mit ihm im Flüsterton bald über seinen Plan verständigt.

Durch einen unterirdischen Gang drangen alsdann die Verschworenen bis in die Nähe der Kaisertribüne vor.

Caligula rüstete schon seit einigen Tagen zu einer Reise nach Alexandria. Nun gab er vorher noch Spiele und war dabei ausgelassener denn je. Er zwickte vor Übermut die Caesonia, die neben ihm saß, ein über das andere Mal in den Arm, bewarf von seinem Platz aus die Glatzen der Senatoren mit Dattelkernen und wollte den ganzen Tag im Circus zubringen. Um sich die Zeit bei den Pausen zu vertreiben, begab er sich von seiner Tribüne aus über einen galerieartigen Gang in den Kulissenraum hinter der Bühne.

Eben war wieder Pause. Der Circus erzitterte unter dem betäubenden Tumult der Menschenmassen. Caligula schäkerte mit einigen Mädchen, die zusammen mit griechischen Knaben in einem Mysterienspiel auftreten sollten.

Unterdessen hatte Cassius mit seinen Leuten auf der Galerie, die der Kaiser auf seinem Rückweg zur Tribüne überqueren musste, Aufstellung genommen. Hinter einem vorspringenden Pfeiler versteckt, harrten sie mit verhaltenem Atem des Augenblicks, in dem Caligula nahen würde. Alle hatten die Hand am Schwert. Es war ihnen, als ob der Boden unter ihren Füßen heißer und heißer würde.

„Ich wollte, er käme jetzt endlich, dass wir ihm den verdienten Lohn geben könnten", flüsterte Sabinus leise dem Cassius zu.

„Sabinus", erwiderte dieser, „Lass mir den Vortritt, den Todesstoß gegen den Tyrannen zu führen! Du und die anderen, ihr mögt mir den Rücken decken!" Aus dem Kulissenraum drang das Gekreische der Mädchen und Knaben, die sich umkleideten. Mit einem Mal verkündeten langgezogene Posaunenstöße, dass die Pause vorüber war. Der Lärm, der wie Meeresbrausen den Circus durchwogte, legte sich und es trat tiefe Ruhe ein.

Angestrengt spähte Cassius den Gang entlang. Dann sah er, wie sich der schwere Vorhang des Ankleideraums teilte. Und jetzt — des Cassius Herz pochte laut — wurde der Cäsar im Purpurmantel und mit einem funkelnden Diadem auf dem Haupt sichtbar. Ging von diesem Purpur der Glanz eines Weltherrschers aus, oder leuchtete er so rot von den Strömen Blutes, die der Tyrann vergossen hatte? Caligulas Antlitz war gerötet vom Scherzen und Lachen und wie ein Betrunkener wankte er den Gang entlang. Fester drückten sich die Verschworenen an die Pfeiler. Immer näher wankte die rote, von Lust und Gier betörte Gestalt. Plötzlich traf den Cäsaren wie ein Peitschenhieb der Ruf: „Es lebe die Freiheit! Nieder mit dem Tyrannen!" Dann blitzten Schwerter wie zuckende

Flammen und Cassius, an der Spitze der Verschworenen, führte den ersten Streich nach dem Haupt des Kaisers. Starr vor Schrecken schrie dieser jäh auf. Dann legte das Blut einen roten Schleier vor sein Gesicht. Der Tyrann brach röchelnd zusammen.

Nun stürzten die Empörer zur Kaisertribüne vor. Hier entbrannte ein wilder Kampf mit der Leibwache. Die Luft erzitterte wie vom Gebrüll gereizter Löwen. Sicinius sank tot hin, vom Stahl des Sabinus durchbohrt. Aber auch dieser fiel.

Die Menge im Circus glich einer wildkochenden See, wenn der Sturm über sie hinfährt. Alles stürzte und rannte wild durcheinander. Die Soldaten hieben jeden nieder, der ihnen in den Weg kam. Mitten im namenlosen Chaos plötzlich Posaunenstöße! Sofort legte sich der Lärm, und Zehntausende von Augen richteten sich auf einen Herold, der hoch auf der „Spina" erschien und mit lauter Stimme verkündete:

„Der Kaiser ist tot!"

Gleich darauf erscholl der Ruf der Soldaten: „Es lebe Cassius Chärea! Heil dem Retter des Vaterlandes!"

Die Leibwache war überwältigt worden. Der tote Kaiser aber wurde schnell beiseite geschafft und in den Tibergärten beigesetzt.

16. Kapitel

Tirzah hatte in der Crispinischen Straße im Haus eines Töpfers freundliche Aufnahme gefunden. Das Haus in dem ärmeren Stadtviertel war zwar dürftig und elendig, die Wände zeigten Risse und Sprünge, aber in ihrem Inneren bargen sie jenen Frieden, wie er nur unter alten, genügsamen Leuten zu finden ist. Nachdem Tirzah sich zu erkennen gegeben und ihre Abenteuer mit den Räubern und Iadok erzählt hatte, wetteiferten Antalus und seine Ehefrau Tirpana, ihr nur jede mögliche Hilfe angedeihen zu lassen. Gerne teilten sie mit ihr das wenige, das sie hatten, und waren sorgsam darauf bedacht, Tirzah vor ihren Feinden zu verbergen.

Antalus und seine Frau lebten schon viele Jahre von der Töpferarbeit. Der biedere Mann verkaufte seine Erzeugnisse einmal an einen Bauern, von dem er dafür Geflügel oder Eier bekam, dann an einen Bäcker oder Krämer. Auch heute war Antalus mit seinen Töpfen wieder fortgegangen. Tirpana unterhielt inzwischen das Feuer am Herd, während Tirzah, noch etwas bleich, in einem einfachen Kleid vor einem Tisch saß und Früchte schälte, die sie dann in eine sabinische Obstschale legte. Das Gemach war einfach, aber sauber. Von der niedrigen Decke hing eine dreiarmige Tonlampe herab. In der Nähe des Fensters standen Blumen. Eine Taube flatterte munter hin und her und pickte einmal Tirpana, und dann

Tirzah Futterkörner aus der Hand. Zuweilen hörte man im Gemach nichts als das Knistern des Herdfeuers. Dann wieder erzählten Tirzah und Tirpana sich gegenseitig von ihren Erlebnissen. Die Töpfersfrau sprach viel von einem Zauberer Simon, dem viel Volk nachlaufe, weil so wunderbare Dinge von ihm erzählt würden. Einmal habe Antalus in Aricia zu tun gehabt. Da habe er einen Mann gesehen, der zu einer großen Menge Volkes sprach: „Ihr werdet mich morgen um die siebente Stunde über das Stadttor fliegen sehen, so, wie ihr mich jetzt zu euch sprechen hört." Nun sei alles zusammengelaufen und an das Tor geeilt. Um die siebente Stunde sei tatsächlich in der Ferne eine große Rauchwolke am Himmel sichtbar geworden und ein mächtiger Feuerschein sei aus ihr herausgefahren. Sie sei bis ans Tor geflogen und dort sei sie dann plötzlich verschwunden. Mitten unter dem Volk habe aber auf einmal der Zauberer Simon gestanden und gesagt, er habe dies mit Gott gemacht, denn er sei die „große Kraft Gottes". Seitdem staune alles über diesen Zauberer und überall, wo er sich zeige, rotteten sich die Leute zusammen. Ihr Vetter Narzissus, der einen gewissen Paulus habe predigen hören, warne vor diesem Zauberer. Deshalb sei jetzt ein großer Zwiespalt unter den Leuten, weil die einen dem Paulus, die anderen dem Juden Simon glaubten. Es wäre daher besser gewesen, schloss Tirpana, wenn Paulus in Rom geblieben wäre.

Verwundert horchte Tirzah auf und fragte dann, wohin Paulus sich begeben habe, worauf Tirpana erwiderte, dass Paulus nach Hispanien abgereist sei, um die Botschaft des Galiläers auch dorthin zu bringen. Dem Paulus sei in Rom stets eine ungeheure Menge auf allen Wegen gefolgt, wenn er gepredigt habe. Auch viele bedeutende Männer, wie Dionysius und Balbus aus Asien, römische Ritter und der Senator Demetrius, seien darunter gewesen. Als Paulus zu Ostia das Schiff bestiegen habe, da sei alles dorthin gelaufen und habe ihn angefleht, in Rom zu bleiben. Da ein Sturm vom Meer drohte, sei Paulus noch drei Tage geblieben und habe vom Schiff aus gepredigt. Zahlreiche Gläubige hätten dem Apostel Geschenke gebracht und es sei ein unvergesslicher Anblick gewesen, wie Paulus noch vom abfahrenden Schiff aus zur Menge gesprochen und sie gesegnet habe.

Dies erinnerte Tirzah wieder an den Abschied ihres Bruders in Putcoli. Wie es ihm jetzt wohl und ihren Angehörigen, die sich in der Gewalt der Briganten befanden, ergehen möge, seufzte sie, und ihre Augen schimmerten feucht. Die gute Töpfersfrau tröstete sie und stärkte sie in der Hoffnung auf einen guten Ausgang. Plötzlich pochte es kräftig an der Tür. Erschreckt fuhren die beiden zusammen. Dann spähte Tirpana vorsichtig durch den Spalt. Schon um Tirzahs Willen mussten sie vor lauernden Feinden auf der Hut sein.

„Tirpana, ich bin es! Öffne schnell!" rief draußen eine tiefe Männerstimme. Die Töpfersfrau erkannte nun Antalus an der Stimme und schob eilig den großen Querbalken zurück, worauf ein alter Mann mit weißem Haar und Bart aufgeregt ins Zimmer stürzte. Hastig warf er die Fische, die er für seine Töpfe eingehandelt hatte, auf den Tisch und erzählte in abgerissenen Sätzen, was er auf dem Forum gesehen habe.

„Denkt euch nur, wie ich heute auf das Forum kam, lief dort eine ungeheure Menge Volkes zusammen. Als ich näher hinzutrat, sah ich, wie Prätorianer einen Zenturio auf den Schild erhoben hatten, während die Massen ihnen zujubelten: ‚Heil Cassius Chärea, dem Retter des Vaterlandes!' Auf Befragen erfuhr ich, dass Cassius mit einer Anzahl von Verschworenen Caligula im Circus ermordet habe."

„Barmherziger Himmel! Cassius ein Verschwörer und Mörder!"

So schrie Tirzah auf und brach bewusstlos zusammen. Erschreckt sprang das Ehepaar hinzu und bettete die Bewusstlose auf ein Ruhelager.

Cassius kostete inzwischen den Rausch seines Triumphes aus. Immer wieder mussten ihn die Prätorianer auf dem Schild der Menge zeigen und die Heilrufe für den ‚Retter des Vaterlandes' wollten kein Ende nehmen. Das Volk in den Straßen überschüttete ihn mit einem Regen von Blumen und so stürmisch drängten sich die Massen um ihn, dass sich die Soldaten nur mühsam den Weg zum Kaiserpalast bahnen konnten. Dieser, der nun vollkommen der Willkür der Soldaten preisgegeben war, bot ein chaotisches Bild der Plünderung und Verwüstung. Prätorianer und Sklaven schleppten alle irgendwie erreichbaren Kostbarkeiten, Gold und Silbergeschirr, teure Teppiche, Wein in Schläuchen und anderes, fort. Wertvolle Statuen wurden zertrümmert. Das Bild des ermordeten Kaisers übergoss man mit Schmutz und Unrat. Einer Caligulastatue setzte man sogar einen Nachttopf auf, worauf die ausgelassene Soldateska mit Bacchantinnen wild um die Bildsäule herumtanzte. Auch in der Stadt selbst löste die Willkür des Pöbels alle Bande der Ordnung auf. Die Wut des Volkes gegen den Tyrannen war so groß, dass man sogar seine Prunkschiffe im Nemisee, die ‚schwimmenden Paläste', zerstörte und in die Tiefe versenkte.

Für Cassius und seine Mitverschworenen war inzwischen im Kaiserpalast ein festliches Mahl bereitet. Jubelnd trugen die Soldaten Cassius zu dem Platz, den sonst

Caligula eingenommen hatte. Die Becher kreisten und man trank auf das Wohl aller schönen Frauen und auf die Zukunft Roms.

Cassius war erschöpft und zeigte nicht die gewohnte Lebhaftigkeit. Wie teilnahmslos lag er an der Tafel, sah das tolle Treiben um sich wie durch einen Schleier und musste immer an Tirzah denken. Der Tod seines Vaters hatte ihn tief erschüttert und nur auf Zureden des Clodius und anderer Freunde führte er mechanisch den Trinkbecher an die Lippen. Die anderen ließen sich jedoch in ihrer ausgelassenen Fröhlichkeit nicht stören. Immer wieder trugen die Sklaven neue Weine und Gerichte auf, syrische Mädchen tanzten zügellose Tänze und mischten sich schließlich unter die Soldaten, von denen bald einer nach dem anderen betrunken zu Boden taumelte.

Plötzlich trat ein Sklave auf Cassius zu und flüsterte ihm etwas ins Ohr, worauf dieser eilig aufstand und hinausging. Im Hof traf er den alten Antalus, der vor dem gefeierten Zenturio tief das Knie bog und ihn anflehte, zu Tirzah zu kommen. Die Arme liege fieberkrank in seinem Haus und aus dem verworrenen Zeug, das sie rede, schließe er, dass ihr niemand außer der Zenturio Cassius helfen könne.

Die überraschende Nachricht zauberte eine jähe Röte der Freude auf das Gesicht des Jünglings, als er dem Antalus befahl: „Bringe mich schnell zu ihr!"

Tirzah lag im Haus des Antalus fiebernd auf einem Ruhelager. Als Cassius sich zu ihr niederbeugte und ihre Hand ergriff, schlug sie verwundert die Augen auf. Wie eine Vision starrte sie den Zenturio an, und eine sanfte Röte trat auf ihre blassen Wangen: „Ist es wahr, das Fürchterliche, was sie von dir sagen?" fragte Tirzah mit schwacher Stimme.

„Ja, es ist wahr." Die Stimme von Cassius bebte.

„Was hat dich zu so Schrecklichem getrieben?"

„Ein Orkan wühlte mein Innerstes auf und riss mich fort. Tirzah, kannst du mir verzeihen?"

Liebevoll breitete Tirzah über die Rachetat den Mantel ihrer Liebe.

Dem Jüngling war es, als ob Balsam in sein krankes Herz geträufelt würde und jubelnd schloss er Tirzah in seine Arme. Tröstend sprach er zu ihr:

„Höre, Liebste! Habe keine Furcht mehr! Nichts soll uns von jetzt an mehr trennen und wo ich Gajus bin, sollst du Gaja sein!"

Entzückt lauschte Tirzah diesen lieben Worten. Durch das Fenster zitterten die Strahlen der scheidenden Sonne und tauchten die beiden in glühendes Rot.

Cassius verabschiedete sich von Tirzah: „Der treuen Obhut so guter Menschen kann ich dich unbesorgt überlassen. Aber morgen komme ich wieder und dann sollst du immer bei mir sein!"

Im Kaiserpalast ging es inzwischen immer toller und wilder zu und die ausgelassene Stimmung erreichte ihren Höhepunkt, als Clodius seinen Becher ergriff und ausrief:

„Lang lebe Cassius Chärea!"

Alle stimmten begeistert in den Ruf ein, aber erst jetzt merkten die meisten, dass der Platz von Cassius leer war. Nun durchsuchte man den Palast. Alle Gemächer und jeder Winkel wurde durchstöbert, jedoch von Cassius war nirgends eine Spur zu finden.

Der Palast lag öde, nur in der kaiserlichen Bibliothek saß ein Mann einsam an einem Marmortisch über Schriften gebeugt. Es war Khidhava, um den sich niemand mehr kümmerte. Seine Wächter hatten sich zu den Plünderern gesellt und hatten ihn verlacht, als er sie von den sinnlosen Zerstörungen zurückhalten wollte. Auch Claudius, Caligulas Onkel, der an den Büchern seiner Geschichte Etruriens schrieb, war dort. Während aber der

Magier ruhig saß und kein Glied rührte, zuckte Claudius beim geringsten Geräusch zusammen und zitterte vor Angst. Als er jetzt die schweren Schritte eines daher stürmenden Soldaten vernahm, war er erschreckt und leichenblass hinter einen Vorhang geflüchtet.

Ein Soldat stieß wie ein Betrunkener Bildsäulen und alles, was ihm im Wege stand, um und schrie nach Cassius. Als er nicht sogleich Antwort erhielt, rannte er auf den Tisch Khidhavas zu, um ihn umzuwerfen. Aber da fiel sein Blick auf den Vorhang, und er sah unter diesem die Füße des Claudius hervorstehen. Brüllend stürzte er auf die Portiere und riss sie weg. Da stand nun Claudius in einem erbarmungswürdigen Zustand. Die Knie schlotterten ihm, seine Zähne klapperten. Fassungslos fiel er dem Soldaten zu Füßen, indem er händeringend um Gnade flehte. Der Soldat brach in schallendes Gelächter aus, nahm ihn auf den Arm und trug ihn in den Festsaal. Dort stellte er den Erschrockenen, der noch an allen Gliedern zitterte, wie ein gefundenes Spielzeug auf einen Tisch und die Prätorianer fielen halb in Trunkenheit, halb im Ernst vor diesem Feigling auf die Knie und huldigten ihm als Kaiser. Clodius schalt sie Narren. Aber trotz seines Einspruches hoben sie Claudius auf ihre Schultern und trugen ihn in das Soldatenlager auf das Marsfeld hinaus. Dort bildeten sich rasch zwei Parteien. Auf der einen Seite der Senat, der das Kaisertum satt hatte und die Republik wünschte, auf der anderen Seite die Prätorianer, von denen die einen den Cassius, die anderen jedoch Claudius zum Kaiser haben wollten. Noch ehe die Nacht hereinbrach, war durch das Dazwischentreten des Königs Herodes Agrippa, der ein Jugendfreund Caligulas war, jeder Widerstand der Republikaner und der Anhänger des Cassius beseitigt und Claudius wurde vom Senat und Volk als Kaiser bejubelt.

So war Cassius plötzlich von allen Seiten verlassen. Als er aus der Wohnung des Antalus in den Kaiserpalast zurückkehrte, lag dieser öd und leer und er sah keinen mehr von jenen Freunden, die ihm vorher erst zugejubelt hatten. Das Blut drohte ihm aber in den Adern zu stocken, als jetzt Soldaten der Leibwache des Claudius auf ihn zukamen, ihn ergriffen und fesselten.

17. Kapitel

Sonnenbrand brütete wie ein glühender Alp auf den Straßen, die von Rom in die blühende Landschaft des Latiums hinausliefen. Der Horizont war in grauen, qualmigen Dunst gehüllt, und es war so schwül, dass die Menschen wie regungslos im Schatten lagen, wenn nicht ein Zwang sie zur Tätigkeit antrieb. Ein Tribun, hoch zu Ross, trabte an der Spitze einer Kohorte auf der Appischen Straße dahin. Jetzt beschattete er mit der Hand das Gesicht und spähte angestrengt über das Gelände. Helm und Rüstung strahlten an ihm wie Feuer, und so trotzig blickte der Römer gegen die Sonne, als ob ihn der Kriegsgott selbst auf Vorposten gesandt hätte. Es war Rufinus, der den Lampsakus mit seiner Bande einfangen sollte.

Vereinzelte Reisewagen rasselten donnernd und klirrend an ihnen vorüber. Nach einiger Zeit sah Rufinus in der Ferne drei Männer, die stadtauswärts gingen. Als sich bei dem scharfen Tempo der Abstand zwischen der Kohorte und den Wanderern genügend verringert hatte, merkte Rufinus, dass sie nur mit einer einfachen Tunika bekleidet waren. Es mochten also vielleicht Bauern sein, die Eier oder Geflügel und andere landwirtschaftliche Erzeugnisse in der Stadt verkauft hatten und jetzt auf dem Heimweg begriffen waren. Auf jeden Fall musste man ihnen auf den

Fersen bleiben, es konnten ja auch verkleidete Briganten sein.

Beim Drususbogen, wo von der Appischen Straße die Latinische abzweigte, trennten sich die drei. Zwei gingen auf der Appischen, während der dritte der Richtung der Latinischen Straße folgte. Rufinus winkte den Zenturio Torbatus, der ebenfalls beritten war, herbei.

„Höre, Torbatus! Du folgst mit deinen Leuten jenem Mann dort auf der Latinischen Straße und versuchst mit seiner Hilfe die Räuber aufzuspüren. Ich bleibe mit den übrigen Leuten auf der Appischen Straße und versuche das gleiche mit den anderen beiden dort. Bis abends treffen wir uns dann in den ‚Tres Tabernae' bei Norba." Torbatus grüßte, riss sein Ross herum, das der Staub hoch aufwirbelte, und war pfeilschnell an der Seite jenes Mannes, einer sehnigen, straffen Gestalt.

„Wer bist du?" Schneidend scharf klang des Torbatus Stimme.

„Ein armer Landmann, Herr, aus Alctrium! Ich habe meine Eier zum Verkauf in die Stadt gebracht und bin jetzt wieder auf dem Heimweg."

Ein wettergebräuntes Gesicht, das von einem ungepflegten Bart umrahmt war, sah flehend zu Torbatus auf. „Du bist unser Gefangener", sagte Torbatus. „Und wenn du willst, dass du wieder frei wirst, so führe uns zu den Schlupfwinkeln, in denen sich Lampsakus mit seinen Leuten versteckt hält. Weigerst du dich aber, so wollen wir deinem Gedächtnis durch etliche Rutenstreiche nachhelfen."

„Es ist nur gut", rief der Unbekannte, während ihn ein Soldat auf einen Wink des Torbatus fesselte, „dass ich mit euch zusammentreffe. Auch unser Dorf ist vor kurzem erst von diesem Halunken heimgesucht und geplündert worden. Ich weiß die Schluchten, in denen sich Lampsakus mit seinen Räubern verborgen hält, und will euch gerne dorthin führen."

„Wohlan, so zeige uns unverzüglich den Weg!" Der Mann führte nun die Soldaten zunächst auf der Latinischen Straße weiter. Links blieben Tuskulum und der Berg Algidus liegen. Dann ging es über eine Holzbrücke, die über den ziemlich angeschwollenen Bach Tolerus führte. Von dort aus erreichte man nach mehrstündigem Marsch ein dichtes Gehölz. Torbatus drängte zur größten Eile, denn es stand ein drohendes Gewitter am Himmel.

Die Pinien ächzten unter dem Angriff des Sturmes, der sie niederbeugte und schüttelte. Der Mann führte die Soldaten zunächst einen Fußweg, der den Wald in südöstlicher Richtung durchschnitt. Die Hecken rauschten leise, und die Soldaten genossen sehr den würzigen Duft von Rinde, Harz und Erde. Da und dort starrten moosbewachsene Felsen in die Einsamkeit. Große schwarze Vögel flatterten vor den schweren Tritten der Soldaten erschreckt aus dem Geäst auf. Hoch über ihren Häuptern rauschten die Wipfel der Bäume die geheimnisvolle Melodie des Waldes.

Tief im Gehölz bog der Bauer die Zweige eines Lorbeergebüsches zurück und trat dann ins Dickicht, nachdem Torbatus sein Ross an einen Baum gebunden hatte. Unter einer Wildnis von Sträuchern gelangte man auf einen Pfad, der auf grasbewachsene Felsmassen ausmündete. Ein alter, längst vergessener Steinbruch tat sich vor ihnen auf. Ein niedriger Gang senkte sich schräg in die Tiefe.

Plötzlich ein schriller Pfiff und die Höhen des Steinbruchs wimmelten mit einem Mal von Briganten. Zugleich sausten auf die Soldaten, die in dem engen Kessel eingeschlossen waren, Steinblöcke, Quadern und Felsgeröll wie Lawinen nieder und zerschmetterten Rücken, Gesichter, Schenkel und Füße der Überfallenen. Wer nicht tot oder verwundet liegen blieb, wurde von den Briganten gefesselt in eine Schlucht geschleppt.

Auch Torbatus befand sich unter den Gefangenen. Völlig gebrochen und niedergeschmettert, ließ er sich auf einem Steinblock nieder. Als er aufblickte, sah er den Mann vor sich, der vorher den Wegweiser gemacht hatte. „Nun, edler Zenturio", höhnte dieser grimmig lachend, „gib mir jetzt die so freundlich angebotenen Rutenstreiche! Aber zuerst, beim Pluto, vorher sollst du von mir ein kleines Andenken erhalten!"

Wieder ertönte ein schriller Pfiff und nun sah sich Torbatus von verwegenen Gesellen umringt, die wild um ihn herumtanzten und mit Messer und Schere dem Zenturio vor dem Gesicht herumfuchtelten. Höhnisch schoren die Briganten dem Soldaten den Kopf kahl und dann befahl Lampsakus, ihm die Fesseln abzunehmen: „So, mein lieber Zenturio! Jetzt laufe geschwind zu deinem Tribun und melde ihm, er möge dir nächstens eine Kindswärterin mit auf den Weg geben!" Noch ein schallendes Gelächter und Lampsakus war in der Höhle verschwunden.

Torbatus aber lief, von dem Hohngelächter der Briganten verfolgt, denselben Weg zurück, den sie gekommen waren. Wie ein gescheuchtes Reh lief er durch den Wald, achtete nicht der Baumwurzeln und Steine, die gegen seine Füße stießen, auch nicht der Dornen im Gestrüpp, die ihn blutig rissen, sondern versuchte nur, der Wildnis zu entkommen. Erst als ein Gewitter über das Gehölz fuhr und Blitze unter prasselndem Regen das Geäst zerrissen, bückte sich Torbatus zitternd unter einen Felsvorsprung.

Sobald jedoch das Unwetter sich verzogen hatte und die Strahlen der schon tief stehenden Sonne Regenbogenfarben auf die nassen Bäume und Sträucher zauberten, rannte Torbatus, so schnell ihn seine Beine trugen, wieder weiter. Er sah kaum zu der Stelle, an der sein Pferd angebunden zurückgeblieben, aber von den Räubern inzwischen in Obhut genommen worden war. Von hier aus kam er wieder auf Wiesen und Felder. Weidende Ziegen und Schafe stoben vor ihm davon; da und dort fiel ein Hirte, der die seltsame Gestalt für ein koboldartiges Wesen hielt, erschreckt in die Knie. Nach vielstündigem Lauf traf Torbatus schweißgebadet in Norba ein, wo er die „Tres Tabernae" und die Soldatenzelte vor sich auftauchen sah. Dort lagen viele der Altgedienten, die auf dem Marsch unter der Glühhitze fast verschmachtet waren, noch wie halbtot auf Tierfellen umher. Andere saßen beim Becher und beim Würfelspiel. aus der Taberna erscholl dem Torbatus fröhlicher Lärm entgegen.

Als die Gesellschaft des kahlgeschorenen Torbatus ansichtig wurde, brachen alle in ein schallendes Gelächter aus, während ihm Rufinus zurief:

„Bei den Auerochsen Pannoniens, Torbatus! Hat sich dein Kopf in einen Kürbis verwandelt? Oder willst du als wandelnde Melone unter die Spaßmacher gehen?" Torbatus erzählte nun, was sich zugetragen hatte. Als die

Soldaten von dem Schicksal ihrer Kameraden hörten, fuhren drohend ihre Fäuste empor:

„Rache diesem Schurken Lampsakus! Wehe ihm, römischen Soldaten solche Schmach anzutun! Der Halunke soll es büßen!"

Sofort gab Rufinus Befehl zum Aufbruch. Die Wirtin begleitete die Kohorte. Sie wusste um das Geheimnis der Höhle, in der Lampsakus schlief und übernahm die Führung, an der sich auch Torbatus rachedurstig beteiligte.

Schweigend marschierten die Soldaten in die Nacht hinein und Helme und Rüstzeug schimmerten und gleißten im fahlen Mondlicht an ihnen wie lauter Gold. Bald kamen sie auf dem kürzesten Wege in das Gehölz. Nachdem sie eine Zeitlang durch dichtes Gestrüpp sich einen Weg gebahnt hatten, fielen die Strahlen des Mondes auf hochgetürmtes Geröll. Schnell waren die Pferde angebunden und Rufinus schritt mit der Wirtin, Torbatus und einigen Zenturionen allein weiter. Vorsichtig bogen sie die Zweige dichten Gebüsches auseinander. Da und dort knisterte es im Dickicht wie von den Tritten eines Wildes. Plötzlich starrte ihnen im Tuffgestein die gähnende Mündung eines dunklen Ganges entgegen. Kurzes Ringen mit zwei Wächtern, die von starken Armen schnell geknebelt und gefesselt waren.

Dann tastete man sich, in der einen Hand eine brennende Fackel, in der andern das Schwert, vorsichtig im Gang vorwärts.

Das Licht der Fackeln fiel auf phantastisch zerklüftete Felswände, in denen seltsames Getier und Gewürm Unterschlupf suchte. Modrig kalter Lufthauch schlug ihnen entgegen. Dann stiegen sie viele treppenartig behauene Stufen hinunter in die schwarze, unbekannte Tiefe, schlichen durch einen langen, unheimlichen Stollen, der ohne Ende schien. Endlich standen sie in einer geräumigen Höhle, die vom schwachen Flackern eines Öllämpchens in einen gespensterhaften Schimmer getaucht war. Grotesk geformtes Felsgestein grinste wie Fratzengesichter von Dämonen auf sie nieder.

Am Boden lag zwischen nachlässig umhergeworfenen Waffen, geraubten kostbaren Teppichen und Gefäßen, ein Mann auf einem Löwenfell und schnarchte. Auch wenn die Wirtin nicht mit dem Finger auf ihn gedeutet und Rufinus leise etwas zugeflüstert hätte, hätte dieser gewusst, dass es Lampsakus war, der hier tief unter der Erde wie der Fürst der Unterwelt hauste.

Nun trat er auf den Schlafenden zu und rüttelte ihn an der Schulter: „Lampsakus, wach auf! Deine Stunde hat geschlagen!" Der Brigant riss verblüfft die Augen auf, wollte flink nach seinem Schwert greifen, aber blitzschnell warfen sich die Soldaten auf ihn. Lampsakus stemmte sich wie ein Besessener gegen sie, biss, kratzte, spuckte sie an, schrie aus Leibeskräften, stieß und schlug wie ein Wilder um sich. Aber eiserne Griffe hielten ihn nieder und legten ihn in Ketten.

Dann wurde mit einer Verstärkung aus der zurückgebliebenen Nachhut das Hauptlager der Räuber umzingelt und alle konnten im Schlaf überrumpelt und niedergerungen werden.

Zum Schluss betrat Rufinus mit einigen Zenturionen die Felsenhöhle, in der die Familie Ben Hurs und seine geliebte Schwester Devadasa gefangen gehalten wurden. In dunkle Mäntel gehüllt lagen die Unglücklichen am Boden; bei den schweren Tritten der Soldaten schreckten sie empor. Als Rufinus ihnen zurief:

„Wacht auf zur Freiheit und zum Licht!", da jubelten die Ärmsten und fielen jubelnd und dankend dem Tribunen zu Füßen.

Rufinus aber umarmte liebevoll seine wiedergefundene Schwester Devadasa. In wenig Worten erzählte er ihr vom Vater Khidhava, zu dem nun beide eilen wollten.

Bald marschierten auf der Latinischen Straße die Soldaten mit den befreiten Kameraden, Frauen und Kindern und mit den gefangenen Briganten, zurück nach Rom.

18. Kapitel

Weil Cassius nicht zu Tirzah zurückkehrte, war sie zu Tode erschrocken und als sie dann von seiner Verhaftung hörte, fürchtete sie das Schlimmste für sein Leben. Als man sich aber von dem neuen Kaiser Claudius erzählte, dass er für seine Person Ehrenstatuen und Weihegeschenke abgelehnt, Majestätsklagen aufgehoben, die Verbannten zurückgerufen und das Los der Sklaven gemildert habe, da schloss sie auf eine milde Gesinnung des neuen Herrschers und schöpfte wieder Hoffnung.

Um sich aber über das Schicksal des Geliebten Gewissheit zu verschaffen, machte sie sich kurz entschlossen auf, um Claudius im Palast aufzusuchen und selbst Fürbitte für Cassius einzulegen. Sie hüllte sich tief in dunkle Gewänder. Antalus und dessen Vetter Narzissus begleiteten sie, während Tirpana ihnen die wärmsten Segenswünsche mit auf den Weg gab.

Tirzah war bleich und ihre rotgeweinten Augen verrieten tiefen Kummer, als sie an der Schwelle des Palastes nach Khidhava fragte. Der Name des Magiers, der von Claudius wieder in seine frühere Stelle als Leibarzt eingesetzt worden war, verschaffte ihr sofort Zutritt. Helle Freude des Wiedersehens strahlte auf Khidhavas Antlitz, als er in der Vorhalle auf Tirzah zuschritt.

„Khidhava!" rief diese, indem sie auf die Knie sank und in diesem einen Wort ihren ganzen Kummer wie all ihre Hoffnung und Wiedersehensfreude einschloss. Der Magier hob sie zärtlich auf und streichelte sanft ihr glänzendes Haar.

„Willkommen, Tirzah!" sagte er herzlich. „Aber wo kommst du her? Und was ist es mit Ben Hur, Devadasa und den anderen?"

Tirzah erzählte nun ihre Erlebnisse mit den Räubern und mit Iadok. Sie fügte bei, dass sie von ihrer Familie und von Devadasa immer noch keine Nachricht habe, weshalb sie um ihre Lieben in größter Sorge schwebe. Dann fragte sie den Magier, was man bei Hof über das Verbleiben ihrer Familie gehört habe. Der Leibarzt erwiderte, dass man im Palast stündlich die Rückkehr seines Sohnes Rufinus erwarte, der ausgesandt worden sei, die Räuber einzufangen und die Familie Ben Hurs zu befreien.

„Dein Sohn Rufinus?" Tirzah war aufs höchste überrascht, denn sie wusste nicht, was inzwischen vorgefallen war. Nun erzählte Khidhava das wunderbare Zusammentreffen der Rückkehr des Sohnes mit seiner Folterung, berichtete von seiner Rettung und gab der Hoffnung Ausdruck, dass auch Tirzahs Angehörige und Devadasa wieder glücklich in die Arme ihrer Lieben zurückkehren möchten.

Tirzah schöpfte nun wieder neuen Mut. Sie sprach auch zaghaft aus, dass sie die Hoffnung auf eine baldige Heimkehr des Cassius noch nicht aufgegeben habe.

Der Magier meinte jedoch sehr ernst, dass es um Cassius nicht gut stehe, da ihm der König Herodes Agrippa nicht gewogen sei. Dieser habe aber beim Kaiser den größten Einfluss.

Als Khidhava jetzt das jähe Erröten und Erblassen des jungen Mädchens bemerkte, erkundigte er sich teilnahmsvoll nach ihrem Interesse an dem Zenturio und erklärte sich dann gerne bereit, ihr Bittgesuch beim Kaiser zu unterstützen. Er tröstete Tirzah mit liebevollen, väterlichen Worten, aber deren Herz pochte zum Zerspringen, als ein Sklave nun meldete, dass der „Herr der Welt" bereit sei, sie zu empfangen.

Als die junge Jüdin vor den kaiserlichen Thron geführt wurde, sah sie auf diesem einen alten Mann mit einem dicken, tonnenförmigen Körper, von dem ein paar lächerlich dünne, zappelnde Beine herabhingen.

„Was will dieses Mädchen?"

Damit wandte sich Claudius an Khidhava, an dessen Seite Tirzah vor dem Thron auf die Knie gesunken war. Des Kaisers Stimme war heiser, und seine Zunge lallte wie die eines Kindes.

„Cäsar, es ist Tirzah, die Schwester des unschuldig verfolgten Ben Hur. Sie bittet um Gnade für Cassius, mit dem sie verlobt ist."

„Gnade, Cäsar! Gnade!" flehte Tirzah und hob flehend die Hände empor.

Beim Anblick des jungen Mädchens, das an allen Gliedern zitterte, trat ein widriges Lächeln auf die Züge des Kaisers. „Für wann ist die Hinrichtung des Cassius festgesetzt?" fragte er einen der Prätorianer.

„Für die siebente Stunde, Cäsar!"

Claudius sah sich unschlüssig im Kreis der Höflinge um und schien zu überlegen. Dann wandte er sich an Herodes Agrippa:

„Rate du mir, mein Freund: dürfen wir den Cassius begnadigen?"

Tirzahs Augen richteten sich nun bittend und erwartungsvoll auf Herodes.

Von dessen Lippen aber kam es kalt und streng:

„Wenn du Cassius begnadigst, so bist du keine Stunde davor sicher, dass dir einst nicht das gleiche Schicksal widerfährt wie deinem Neffen Caligula!"

Die leise aufgekeimte Hoffnung Tirzahs begann rasch wieder zu sinken.

„Wohlan, so bleibe es bei der Hinrichtung!" entschied nun der Kaiser.

Zu Tirzah gewandt fügte er jedoch hinzu: „Es sei dir aber die Gunst eingeräumt, Cassius vor seinem letzten Gang noch zu sehen und zu sprechen!"

Mit einem lauten Aufschrei brach Tirzah ohnmächtig zusammen. Auf einen Wink des Claudius trugen Sklaven sie in die Vorhalle hinaus, wo sich Khidhava um sie bemühte. Seiner Kunst gelang es bald, das Mädchen wieder zum Bewusstsein zu bringen. Antalus und Narzissus beugten sich besorgt über Tirzah und trösteten sie in ihrem großen Leid.

Nun dröhnten schwere Tritte auf dem Marmor: Cassius wurde von der Wache herbeigeführt. Seine Haltung war gefasst und sein Angesicht fast heiter, als er Tirzah in die Augen sah. Aufschluchzend warf sich diese an seine Brust.

„Weine nicht, Tirzah! Als Soldat hab' ich dem Tod schon oft ins Auge geschaut!"

Damit küsste Cassius Tirzah auf Stirn und Mund. „Ich sterbe gerne, wenn ich durch meinen Tod die Mordtat sühnen kann."

So tröstete sie Cassius. Auch Khidhava trat herzu und wies sie beide auf ein Wiedersehen in einem anderen, schöneren Leben hin.

Noch ein letzter Kuss, eine letzte innige Umarmung, und gleich darauf war die kraftvolle Gestalt des Zenturio hinter den Pfeilern verschwunden. Noch lange hallten die schweren Tritte der Soldaten auf dem Pflaster. Dann war es still. Nur Tirzah schluchzte leise.

Eine Stunde später fiel das Haupt des Cassius auf dem Julianischen Forum. Als besondere Gnade hatte er sich ausbedungen, mit dem Schwert hingerichtet zu werden, dessen er sich bei der Ermordung Caligulas bedient hatte.

Leichenblass war Tirzah, als sie in Begleitung von Khidhava, Antalus und Narzissus die Marmortreppe des Palastes niederstieg. Aber sie hatte sich unter dem väterlichen Zureden des Magiers bereits so weit gefasst, dass sie mit den Prätorianern gegen eine entsprechende Geldsumme die Auslieferung der Leiche des Cassius vereinbaren konnte. Ihre Familie war von Kaiser Claudius nicht nur außer Verfolgung erklärt, sondern auch in ihre vollen Vermögensrechte wieder eingesetzt worden. Unweit der verlassenen Villa Ben Hurs erscholl von der Straße her plötzlich lautes Triumphgeschrei. Die Menge umjubelte eine Kohorte Soldaten: Rufinus mit seinen Leuten, die in ihrer Mitte die gefesselten Briganten einher führten. Die Sonne lockte aus den Helmen und Rüstungen der Krieger grelle Blitze. Unter ständigen Heilrufen warf das Volk Rosen auf die Braven, deren wettergebräunte Gesichter vor Freude strahlten. Lampsakus, der in Ketten gelegt war, konnte nur mit Mühe vor der Wut des Volkes geschützt werden.

Die Familie Ben Hurs und deren Dienerschaft wurde im Geleit des Rufinus in ihr Heim zurückgeführt. Es war ein unbeschreibliches Frohlocken und eine geradezu stürmische Freude des Wiedersehens zwischen Rufinus und Khidhava, zwischen Esther, Tirzah und Sagar! Innig umarmten sich alle nach so langer Trennung! Und welch ein Erzählen gab es nach so vielen Strapazen und Erlebnissen! Zwischen all dem Jubel stand das silberne Lachen Gamaliels und Miriams, dass selbst Tirzah in ihrem großen Leid kraftvoll wurde. Stumm herzte und küsste sie die Kinder, die verwundert zu ihren tränenumflorten Augen emporsahen.

Am nächsten Tag wurden die Angehörigen Ben Hurs, von dem selbst seit seinem Abschied in Putcoli niemand mehr gehört hatte, zum Kaiser gerufen, der sowohl die befreiten Frauen als auch Rufinus und Lampsakus zu sehen wünschte. Claudius musterte die Frauen halb lüstern, halb spöttisch, fragte einiges über ihre Gefangenschaft und wandte sich dann dem Rufinus zu.

Immer wieder fragte er diesen nach allen Einzelheiten. Zum Schluss gab er dem Tribunen einen kostbaren Ring zum Geschenk.

Dann stellte er mit Lampsakus ein eingehendes Verhör an.

„Also, du bist der Räuber, der mit seinen Banden so lange der Schrecken von ganz Rom, Latium und Kampanien war?" redete ihn der Kaiser an.

Lampsakus mit seinem struppigen Bart ließ trotzig die eiserne Kette klirren, mit der er gefesselt war, stellte sich breitspurig hin und beantwortete jede Frage so geschickt und schlagfertig, dass alle staunten. Als der Kaiser den Briganten zum Schluss fragte:

„Weshalb bist du eigentlich Räuber?", antwortete Lampsakus dreist mit der verblüffenden Gegenfrage: „Weshalb bist du eigentlich Kaiser?"

Nun überlieferte der Kaiser den Lampsakus den Henkern. Tags darauf wurde der Räuber im Circus von wilden Tieren zerrissen.

In die Villa 'Ad Palmas' kehrte bald wieder lebhaftes Treiben ein, aber die Ungewissheit über das Schicksal Ben Hurs ängstigte das Gemüt der Frauen und umdüsterte wie eine dumpfe Wolke den Himmel ihrer Häuslichkeit.

19. Kapitel

Unter einem günstigen Nordost und von kräftigen Ruderschlägen getrieben, hatte die 'Syria' den Hafen von Putcoli verlassen; geschmeidig glitt das stolze Schiff durch die dunkelblauen, schaumgekrönten Wogen.

Auf dem Verdeck stand Ben Hur mit Perias und Milon. Unverwandten Blickes schauten sie einmal zur felszerklüfteten Küste, dann wieder in die märchenhaft schimmernden Wogen. Die strahlende Schönheit der in zartes Violett getauchten Fluten mit den zackigen Felsenriffen nahm sie ganz in ihren Bann. Sie konnten den Blick nicht von dem goldig flimmernden Schleier wenden, den der Sommertag um die Felsenküste von Misenum wob, die mit dem rauchenden Vesuv und dem verschwimmenden Blau des Himmels zu einem paradiesischen Bild zusammenfloss. Das glitzernde blaue Meer, dessen silberschäumende Wogen über und über mit weißleuchtenden Segeln bedeckt waren, erinnerte Ben Hur wohl an den Reichtum seiner vielen Schiffe, die zur gleichen Zeit auf hoher See dahinglitten. Voll stolzer Freude wölbte sich seine Brust. Dankbar sah er empor zum Himmel, dessen Güte er alles zuschrieb. Jetzt deutete Perias zur Küste: „Seht ihr dort jene Villa am Meer? Des Kaisers Landsitz! Man sagt aber in Rom, dass Ben Hurs Landsitz schöner sei."

Ben Hur wehrte lächelnd ab:

„Seit wann bist du ein Schmeichler geworden, Perias? Weißt du noch nicht, wie wenig mir am Lob der Menge liegt? Hilf mir jetzt lieber bei der Arbeit, damit ich dem Lysostratus gleich bei unserer Ankunft Rechenschaft geben kann! Und du, Milon", wandte er sich an diesen, „sieh dich um, dass Aldebaran und die anderen Tiere versorgt werden!"

Damit stieg Ben Hur in die unteren Schiffsräume hinab. Diese tönten wider von der sich stetig wiederholenden Melodie der zweihundert Ruderer, die einmal leise, dann wieder stärker den gleichbleibenden Rhythmus der Ruderschläge begleitete. Der Hortator, der Rudermeister, stimmte mit seiner tiefdröhnenden Bassstimme den Gesang an, dann setzten die Ruderer im Chor schallend ein, so dass das ganze Schiff von Musik widerhallte. Ben Hur war es gewesen, der diese Selbstermunterung durch Gesang zu der mühseligen Arbeit des Ruderns auf seinen Schiffen eingeführt hatte. Nirgendwo hatten es die Ruderer so schön wie auf den Schiffen Ben Hurs. Nirgends gab es so häufig Ablösung und Ruderpausen. Und nirgends war so sehr für ihre leibliche Kräftigung und Erholung gesorgt wie hier. Alle sahen daher jetzt mit wahrer Verehrung zu Ben Hur auf, als er durch ihre Reihen hindurchschritt. Ihre Augen strahlten, ihr Gesang schwoll mächtig an und wurde zu einer Jubelhymne auf den geliebten Herrn.

Unterdessen schoss die ‚Syria' wie ein geflügeltes Fabelwesen über die blauen Fluten dahin. Noch ehe der Abend kam, tauchte aus der Ferne das Vorgebirge von Burentum auf. „Wenden!" lautete der Befehl des Steuermanns. Das Schiff war bei dem kräftigen Wind den gefährlichen Riffen der Küste so nahe gekommen, dass man vom Verdeck aus bereits die hochragenden Palmen, die sich vom Ufer scharf abzeichneten, wahrnehmen konnte.

Als es Nacht geworden war, ging Ben Hur mit Perias und Milon auf das Verdeck und sah zu den Sternen empor, die lächelnd zu ihnen herabwinkten. Ben Hur freute sich über ihre Schönheit und das glänzende, milde Licht, das sie ausstrahlten. Er konnte seine Augen gar nicht abwenden von dem Glitzern und Flimmern, das oft wie das Sprühen von Funkeln aussah. Dabei sog er mit seinen Gefährten nach der Hitze des Tages die abendliche Kühle ein wie jemand der halb verdurstet einen frischen Trunk schlürft. Sie betrachteten die einzelnen Sternbilder und deren Lage zueinander. Ihre Augen glänzten, als sie von der ewigen Heimat sprachen, von der ihnen diese Himmelsboten so geheimnisvolle Grüße sandten. Auch der Steuermann Lentulus gesellte sich zu ihnen und erzählte, wie er gelernt habe, den Kurs des Schiffes nach dem Stand der Gestirne zu bestimmen.

Allmählich senkten sich Müdigkeit und Schlaf auf die Reisenden nieder und alles streckte sich auf die Bodendielen hin zur Ruhe. Es lagen aber die einen auf dem Verdeck, die anderen in den unteren Schiffsräumen. Alle waren in schützende Decken gehüllt und träumten der Morgenröte eines neuen Tages entgegen, während ihre Hoffnungen und Wünsche wie weiße Segel über sie hinschwebten.

Geheimnisvoll glitt das Schiff mit den schlafenden Menschen in der stillen Sternennacht durch die Fluten. Schweigen lag auf dem Verdeck. Nur die Masten ächzten unter dem Zugriff des Windes, der die Ruderer längst abgelöst hatte. Das Steuer knarrte; die am Bug aufspritzenden Wogen rauschten und sandten ihre eintönige Melodie zu dem Steuermann empor, der unablässig einmal zu den Sternen, dann wieder auf das Steuer sah. Unter dem klaren Himmelsdom gab es nur mehr das weite Meer, das Schiff und die Sterne.

Urplötzlich schreckte ein dumpfer Donner die Schläfer empor. Am nächtlichen Himmel waren dunkle Wolkenmassen zusammengeballt. Ein starker Wind blies, so dass die Wogen unheimlich rauschten und tanzten, wobei sie eine tintenschwarze Färbung annahmen. Ein greller Blitz zuckte vom Himmel, und nun war es, als ob ein Vulkan weit unten in der Tiefe koche und gäre und alle Abgründe des Ozeans aufwühle. Woge auf Woge wälzte sich heran und brach auf dem Verdeck zusammen. Die Ruhe Ben Hurs beschwor die vorübergehend einbrechende Verwirrung. Schnell waren die Segel eingezogen und so nach bester Möglichkeit gegen die Wut der Elemente vorgesorgt. Mit dem Steuermann Lentulus hielt Ben Hur sich an starken Tauen auf dem Verdeck des Schiffes, das von brüllenden Wogen bald hoch emporgetragen, dann wieder jäh hinunter in die Tiefe geschleudert wurde.

Plötzlich schlug eine furchtbare Welle über das Deck und spülte Lentulus in ein frühes Grab. Nun sprang Ben Hur selbst ans Steuer. „Bringt euch in Sicherheit!" rief er Perias und Milon zu. Aber diese hörten ihn nicht, der Sturm übertönte seine Worte. Ein Blitz, ein Donnerschlag, und ein mächtiger Windstoß riss Ben Hur das Steuer aus der Hand, wie die Mutter einem Kind das Spielzeug aus den Fingern windet. Der Orkan aber schleuderte das Schiff wie einen Spielball von Woge zu Woge.

Immer mehr neigte sich das Schiff zur Seite und füllte sich mit Wasser. Die Menschen aber, eingezwängt unter Planken, schrien verzweifelt um Hilfe. Nun ein ohrenbetäubendes Krachen. Das Schiff war auf eine Klippe gestoßen und mitten auseinandergeborsten.

Maste, Planken, Fässer und Tiere, alles schwamm in wirrem Durcheinander in der tobenden See. Verzweifelt verteidigten Menschen und Tiere ihr nacktes Leben gegen die Wut der Elemente. Ben Hur und Perias hatten sich an das Bruchstück eines Mastes geklammert und trieben hilflos auf den Wogen. Der Sturm wütete wie ein rasendes Ungeheuer. Rings um sie lauerte der Tod. Mit zerfetzten Kleidern klammerten sich Ben Hur und Perias an das Holz. Ihre Hände und Füße bluteten. Zitternd und frierend warteten sie, ob nicht ein anderes Schiff oder gar Land sichtbar würde. Der Sturm ließ nach. Sie sahen zwar beim Schein eines Blitzes in der Ferne ein weißes Segel, aber die Entfernung war zu groß. Wie ein Sturmvogel schoss jenes Schiff an ihnen vorüber.

Hilflos trieben die Schiffbrüchigen auf dem Meer — Stunden vergingen in angstvoller Sorge, aber dann sahen sie beim erglühenden Morgen ganz unerwartet Land vor sich. Eine mitleidige riesige Woge spülte die Schiffbrüchigen auf die Felsbank des rettenden Ufers. Ben Hur fiel in die Knie, breitete die Hände aus, küsste inbrünstig die heilige, rettende Erde und sandte ein heißes Dankgebet zum Himmel. Der kommende Tag beleuchtete die ganze Größe seines Unglücks. Viele von seinen Leuten, die meisten Tiere, darunter auch der Hengst Aldebaran, alle Waren, die Kisten und Fässer mit Proviant, alles war eine Beute des Meeres geworden. Mit durchnässten Kleidern, erschöpft von Hunger und Kälte, mussten die wenigen Überlebenden auf unbekanntem Boden Zuflucht suchen. Immer noch rieselte ein durchdringender, kalter Regen auf sie nieder. Die Schiffbrüchigen zitterten vor Frost. Schweigend schritten sie die zerklüftete Küste hinauf, die steil anstieg. Als sie die Höhen erklommen hatten, zerteilte sich im Osten das Gewölk und die Sonne tauchte glühendrot am Horizont auf. Vor ihnen aber dehnte sich eine kahle Gegend aus, die nur spärlich mit Kakteen, Zypressen und Palmen bewachsen war.

Plötzlich deutete Perias, der unter den Geretteten war, auf eine dünne Rauchsäule, die am Horizont zum Himmel aufstieg. Immer sieghafter drang die Sonne durch das zerrissene Gewölk, als Ben Hur mit den Seinigen bei dem Palmenhain ankam, aus dem jene Rauchschwaden aufstiegen. Vorsichtig schlichen sie sich im Gebüsch heran und sahen nun um ein großes Feuer eine Schar von Menschen stehen, die sich wärmten und trockneten. Viele brieten sich Fische, die meisten aber lauschten den Worten eines Greises, von dem ein weißer Bart auf einen wallenden Mantel herabfloss, während seine Hand einen knorrigen Ast umfasste.

Ben Hur war es, als ob er die Züge dieses Greises schon irgendwo gesehen hätte. Perias murmelte leise, es könnten auch Schiffbrüchige sein, die von einem anderen

Schiff aus hierher verschlagen worden seien. Jetzt hörte man wieder die tiefe Stimme des Greises, die beim Knistern des Feuers und beim Rauschen der nahen Küste überaus wirkungsvoll erklang. Er sprach wie einer, der aus weiter Ferne gekommen ist und etwas Neues, völlig Unerhörtes, zu verkünden hat. Er sprach von dem neuen Weltreich des Galiläers und von den großen Wunderzeichen, die Jesus zu Judäa getan hatte. Perias wollte schon aufspringen und dem Greis zu Füßen stürzen, doch Ben Hur hielt ihn vorerst zurück. Ihn berührte das Gehörte gar wundersam. Es klang viel eindringlicher beim Fächeln der Palmen, beim Rauschen des Meeres und beim Prasseln des Feuers wie seinerzeit in seinem Palast in Rom. Gesenkten Hauptes lauschte Ben Hur.

Plötzlich fühlte er die Hand des Perias auf seiner Schulter. Als er aufblickte, sah er unter den Zuhörern des Greises Milon mit anderen seiner Leute, die er vermisst hatte, und nun erhoben sie sich, gingen auf diese zu und begrüßten sich voll Freude über die glückliche Rettung. Der Blick des Greises aber ruhte voll und prüfend auf Ben Hur.

Dieser bog tief das Knie:

„Sei gegrüßt, du Herold des Königs der Könige!" Auch Perias beugte sich vor dem Greis tief zur Erde nieder und sprach:

„Herr, der dich grüßt, ist Ben Hur, ein großer Wohltäter und Schirmherr der Nazarener zu Rom."

„Sei gegrüßt, Ben Hur, der Friede des Herrn sei mit dir!"

Die Stimme des Apostels tönte feierlich: „Bist du schon getauft?"

„Nein, aber Khidhava und Glaukos haben mich in manchem vorbereitet."

Der Apostel trat nun auf Ben Hur zu und legte ihm die Hände auf. Es herrschte eine feierliche Stille. Einige Möwen zogen über Ben Hurs Haupt ihre Kreise. Man hörte nichts als das Prasseln des Feuers. Dann befahl der Greis Ben Hur, aufzustehen und mit ihm ans Meer zu kommen. Dort hob der Apostel eine Muschel vom Strand und taufte Ben Hur, indem er ihn tief in die nun glänzenden Fluten tauchte. Der Wind strich leise durch die Palmen, und das Meer rauschte geheimnisvoll.

Auch Perias, Milon und viele andere beugten ihr Haupt unter dem Wasser der Taufe. Die Schrecken dieser Nacht hatten sie urplötzlich für die Lehre des Gottessohnes reif gemacht.

Opalblau und glitzernd lag die weite Meeresfläche im lachenden Sonnenlicht, als dann die Fischer, wettergebräunte, sehnige Gestalten, auf Geheiß des Apostels das Netz auswarfen. Und als sie es wieder einzogen, da wimmelte es von silberschimmernden, zappelnden Fischen, so dass sich alle stärken und kräftigen konnten.

Die Schiffbrüchigen lebten viele Tage auf der Insel. Sie nährten sich von Fischen, lauschten den Worten des Apostels und schliefen in den Hütten, die ihnen die guten Fischer bereithielten, bis endlich ein Schiff bei der Insel anlegte und sie alle mit dem Apostel nach Putcoli brachte.

20. Kapitel

Viele Monate waren vergangen, und in der Villa 'Ad Palmas' schlich immer noch ein düsterer Schatten umher. Er begab sich mit den Bewohnern zur Ruhe, stand morgens mit ihnen auf, setzte sich mit ihnen zu Tisch und begleitete sie im Garten und bei der Arbeit. Es war die Sorge um Ben Hurs Schicksal, die alle Fröhlichkeit verscheuchte und alle Gespräche in einen wehmütig ernsten Ton ausklingen ließ.

Auch jetzt saß dieser unheimliche Gast im Garten auf der Marmorbank, auf der Tirzah und Devadasa zusammen plauderten. Lauschiges Gebüsch rankte sich hinter den Mädchen empor. Zu ihren Füßen spielten Gamaliel und Miriam Ball, während Esther auf einer Bank gegenübersaß und an einem Kissen stickte. Wie die Molltöne einer Flöte klangen die hohen, weichen Stimmen der Mädchen ineinander und vermischten sich mit denen der Kinder und mit dem Zwitschern einiger Amseln, die auf dem Boden spärlichen Brosamen nachhüpften. Die Harmonie, mit der ihr Gemüt ineinander floss, milderte die Schwermut, die auf allen Frauen in der Villa Ben Hurs lastete.

Ihren größten Trost fanden die Frauen in den häufigen Besuchen des Rufinus, Devadasas Bruder. Und wenn er nicht anwesend war, so sprachen sie von ihm. Immer wieder sahen sie ihn in seiner hellen Waffenrüstung vor sich, wie er Esther und den Kindern in der Höhle die Freiheit brachte. Einmal sprachen sie von dem Feuer seiner Augen, dann von der Kühnheit und Güte seines Wesens, und schließlich von seinen militärischen Tugenden. Ihre Augen leuchteten, wenn sie so sprachen; auch Tirzahs Wangen begannen sich langsam zu röten.

Jetzt nahten Schritte, und Rufinus trat strahlend auf die jungen Mädchen zu, die ihm freudig entgegeneilten. Sie hatten ihn so viel zu fragen, dass sie nur mit halbem Ohr hörten, wie der Tribun sagte, dass er heute länger als sonst Palastwache gehabt habe, weil der Zenturio Sertinus einen Sklaventransport zum Bergwerk Tibur durchzuführen hatte. Nur mühsam erwehrte er sich der Kleinen, die sich scherzend an ihn klammerten. Immer hatten die Kinder irgendetwas, was sie ihm zeigen wollten und was er bewundern musste.

Auch jetzt nahmen ihn die Mädchen beiseite und führten ihn im Garten zu einem zierlichen Gebäude. Dort betraten sie einen Raum, der nicht nur eine wertvolle Muschelsammlung, sondern auch eine ganze Anzahl anderer kostbarer Naturseltenheiten enthielt, die Ben Hur im Laufe der Zeit auf seinen vielen Land- und Seereisen gesammelt hatte. Da waren große Elefantenzähne, sonderbare barbarische Gewänder, indische Edelsteine, ausgestopfte Schlangen und Affen, afrikanische Nüsse, goldene Schalen, Bären und Tigerfelle, ein sarmatischer Panzer, aus Pferdehufen verfertigt, ein großes Horn, das ganz in Gold gefasst war und aus einer Kriegsbeute stammte und noch vieles andere. Tirzah und Esther erzählten von den einzelnen Sehenswürdigkeiten, was sie aus den Schilderungen Ben Hurs nur immer wussten. Sie mussten aber nebenher viel mit den Kindern schelten, denn diesen machten die verschiedenen seltsamen Dinge ebenfalls nicht wenig Freude. Einmal kletterten sie auf einen Affen, dann rauften sie sich um eine ausgestopfte Schlange. Kaum hatte man ihnen das eine entrissen, da waren sie schon wieder bei etwas anderem. Schließlich ging gar noch eine kunstvolle Tonschale in Trümmer, was Esther und Devadasa veranlasste, die Kinder strafend in den Garten zurückzuführen.

Rufinus war mit Tirzah allein.

„Diese Muschel hat mein Bruder aus Zypern mitgebracht."

Tirzahs Herz pochte leise, während sie auf eine Muschel von groteskphantastischem Aussehen deutete. Und die Stimme von Rufinus bebte, als er davon sprach, dass die sonderbare Form der Muschel ein Beweis für die wunderbaren Wandlungen und Spielarten sei, die in der Natur herrschten.

„Doch was ist alle tote Natur", entfuhr es ihm dann noch, „gegen die Schönheit lebender Wesen, gegen deine Schönheit, Tirzah!"

Das Mädchen senkte errötend die Augen und schwieg. In ihrem Herzen lebte noch das Andenken an Cassius. Aber die Rede des Jünglings wurde ständig wärmer, immer feuriger sein Blick. Er sprach zu Tirzah von dem reinen Glück der Liebe. Er gestand ihr, wie ihn der Lärm der fiebernden Weltstadt, das öde Schauspiel des Ehrgeizes und die goldumstarrte Gemeinheit abstoße. Er bedürfe keines Prunkes und keines Triumphes, nur nach Ruhe und Einsamkeit verlange er.

„Bei dir will ich diese Ruhe finden, Tirzah. Ich bitte dich darum", so schloss er, „werde mein Weib."

Zuerst schwieg Tirzah lange, dann bat sie den Tribunen, er möge ihr nicht zürnen, wenn sie um Bedenkzeit bitte. Rufinus wollte etwas erwidern, als hastige Schritte auf dem Kies ertönten und beide ihre Namen rufen hörten. Als sie hinauseilten, sahen sie gerade Perms vor dem Garten vom schweißgebadeten Ross springen. Dabei rief er von weitem: „Ben Hur kehrt zurück!" Im ganzen Haus wurde es mit einem Mal lebendig. Jedes Fenster, jede Tür schien plötzlich eine Stimme zu bekommen und sich zu bewegen. Die Mädchen, Frauen und Kinder, die

Dienerschaft, alles lief zusammen, schrie und lärmte vor Jubel und Freude.

Perias berichtete, dass Ben Hur mit dein Apostel schon nahe den Toren Roms sei und in wenigen Stunden eintreffen werde.

Nun rührten sich alle Hände im Haus, um dem so sehnlichst Erwarteten ein frohes Mahl und einen festlichen Empfang zu bereiten. Rufinus selbst aber und zwei Freigelassene schwangen sich auf die Pferde, um dem so lange schon Ersehnten entgegenzureiten.

Als dann Ben Hur und der Apostel sich der Villa ‚Ad Palmas' näherten, da winkten ihnen schon von weitem frische Girlanden jubelnden Willkomm. Esther und Tirzah mit den Kindern und Devadasa standen jubelnd zum Empfang bereit.

Die sinkende Sonne strahlte auf glückliche Menschen hernieder.

21. Kapitel

In der weiten Halle des Kaiserpalastes saß, von einer starken Leibwache umgeben, die massige Gestalt des Claudius auf dem Thron und ließ die spindeldürren Beine herabpendeln. Auf langen Bänken und Tribünen saßen Höflinge, Senatoren und viele reiche Müßiggänger, die Drohnen im römischen Bienenkorb, und folgten dem Verhör, welches der Kaiser gerade mit dem reichen Vedius Pollio anstellte.

Dieser war angeklagt, einen Sklaven wegen eines zerbrochenen Kristallbechers den Fischen zum Fraß vorgeworfen zu haben. Claudius, der das Los der Sklaven mildern wollte, ging mit dem Mörder scharf ins Verhör und stellte allerlei Querfragen an ihn, als auch an die Zeugen, die in großer Zahl aufgeboten waren. Ein Fanatiker im Rechtsprechen, redete Claudius immer wieder auf den Angeklagten ein. Er beugte sich weit vor. Seine Zunge stammelte und seine Stimme war heiser. Endlich entschied der Kaiser, dass Pollio den wilden Tieren vorgeworfen werden solle.

Er hatte noch kaum ausgeredet, da zerrte ein Zenturio einen gefesselten Juden vom Eingang her. Dessen Haar war zerzaust, der Bart struppig. Seine Augen rollten wild, Schaum stand ihm vor dem Mund und seine Kleider waren mit Blut befleckt. Er zerrte wie ein Besessener an seinen Fesseln und schrie in einem fort: „Tod den Nazarenern!"

Hinter ihm führten die Soldaten eine Schar von Römern, ebenfalls gefesselt und in ihrer Mitte trugen sie auf einer Bahre einen Schwerverwundeten. Es war Khidhava. Dessen Gesicht totenblass war und aus seiner Brust sickerte Blut. Die Stimme von Claudius zitterte vor Furcht, als er fragte, wer es gewagt habe, sich an seinem Leibarzt zu vergreifen.

„Dieser da, Cäsar!" erwiderte der Zenturio und deutete auf den Rasenden. „Bei einem Tumult auf der Heiligen Straße kamen wir gerade dazu, wie er den Magier erstach."

Erstaunt fragte Claudius, was denn zu einem Tumult auf der Via sacra Veranlassung gegeben habe.

„Erzähle mir alles, was du gehört und gesehen hast!" „Ich sah", erwiderte der Zenturio, „eine ungeheure Menge von Juden und Römern zusammenlaufen. Bald merkten wir, dass die einen einem gewissen Petrus, andere jedoch einem gewissen Simon folgten. Die beiden Parteien kamen immer hitziger miteinander in Streit, bis schließlich Waffen blitzten und Steine flogen." Claudius fragte, wer Petrus und Simon seien, stellte in seiner gewohnten Art eine Menge Kreuz- und Querfragen und kam sogar bis auf Pontius Pilatus.

Jetzt schlug Khidhava, der bis dahin bewusstlos gelegen war, die Augen auf. Mit großer Anstrengung richtete er sich empor und auf sein Gesicht trat ein Leuchten. Er presste die Hand auf die Wunde, die inzwischen verbunden worden war. Mit schier übermenschlicher Kraft unterdrückte er allen Schmerz. Es herrschte feierliche Stille, und alles schaute verwundert auf ihn, als der Magier jetzt mit lauter Stimme zu reden begann:

„Hört! Der geheimnisvolle Lichtstrahl, der einst von jenem wunderbaren Stern ausging, dem ich gefolgt bin, hat seinen sieghaften Glanz bis in diese Stadt geworfen. Sein Licht aber wird wachsen. Das Licht wird in die Hütten der Armen und in die Tiefe der Kerker dringen. Seine Strahlen werden die Tränen der Mühseligen in glitzernde Edelsteine verwandeln. Das Licht wird auch in die Paläste dringen und durch seine Helligkeit den Glanz des Goldes und Silbers verdunkeln." „Deshalb, o Römer, wendet eure Augen weg von der dunklen Erde und liebt das Licht! Öffnet ihm eure Augen, erhebt eure Häupter und blickt zu den Sternen empor, die euch winken und zurufen: ‚Strebt zu uns empor! Seid ewig wie wir und unsterblich!'"

Stöhnend sank der Magier zurück. Claudius aber starrte ihn verständnislos an. Auch die Mehrzahl der Römer verstand ihn nicht. Die meisten glaubten, er rede im Fieberwahn.

„Armer Khidhava!" sagten viele und ein Arzt beugte sich über ihn und reichte ihm erfrischendes Wasser. Nun nahte der Tribun Rufinus, der sich entsetzt über den sterbenden Vater stürzte.

„Mein Sohn, sei wie ich ein Kämpfer des Lichtes!" Brechenden Auges sagte es Khidhava und seine Stimme war wie ein Hauch. Er verschied. Er hatte für den Stern gelebt und starb mit Worten diesem zum Preis.

Vor dem Palast aber erhob sich jetzt ein Lärm, der sich wie das Brausen eines Sturmwindes näher und näher heranwälzte. Soldaten trugen auf Tragbahren eine große Anzahl von Toten in die Halle herein.

Dem erschreckten Kaiser aber berichteten sie, der Zauberer Simon sei auf die Zinne des Markustempels gestiegen und man habe ihn gleich darauf hoch in der Luft über den Tempeln und Palästen Roms schweben sehen. Auf das Gebet des Petrus jedoch sei er herabgestürzt und zerschmettert liegengeblieben.

Claudius zitterte um Thron und Leben. Unverzüglich erließ er einen Ausweisungsbefehl gegen die Juden und ordnete die Schließung aller Synagogen an.

Die Leiche Khidhavas ließ Rufinus in einem würdigen Grabmal neben der des Cassius unweit der Villa 'Ad Palmas' beisetzen.

22. Kapitel

Ein rosiger Schimmer floss von der Purpurdecke des Säulendaches auf das Atrium der Villa 'Ad Palmas' nieder und wob einen roten Glanz von Sonnenstäubchen um Ben Hur und die Seinigen, die mit Rufinus, Antalus und anderen Nazarenern dem Apostel gegenübersaßen.

Man besprach lebhaft die Ereignisse, die sich in den letzten Tagen in Rom abgespielt hatten. Immer wieder ließ sich Ben Hur von Rufinus erzählen, wie Khidhava gestorben sei und erkundigte sich genau nach den Worten, die er im Hinscheiden gesprochen hatte. Mit Staunen vernahm man, dass auch Iadok als Opfer der Straßenkämpfe gefallen war. Antalus hatte gesehen, wie er den Dolch gegen einen Nazarener zückte, als von rückwärts ein Stein seinen Kopf getroffen und ihm eine tödliche Wunde beigebracht hatte.

Ben Hur blickte eine Weile sinnend auf den Sprühregen, der eine Fontäne über üppige Palmen goss. Dann sagte er:

„Also ist Iadok, der böse Geist unseres Hauses, dessen Hass und List uns vernichten wollte, zerschmettert. Aber auch Khidhava, unser bester Freund und väterlicher Berater, ist nicht mehr. Warum bietet uns das Leben seine Gaben immer in zwei Schalen, deren eine Gutes, deren andere jedoch Schlimmes enthält? Warum entflieht das Glück immer wieder und zerplatzt vor unseren Augen wie die Schaumblasen der Meereswogen?"

Der Apostel aber legte die Hand auf seine Schulter:

„Ben Hur, du sprichst heute nicht wie ein Kind des Lichtes. Musste denn Khidhava nicht durch die Wüste wandern, um dem Stern zu folgen? Und können wir denn anders als durch Kampf die Siegespalme erringen?" Dann sprach der Apostel von dem süßen Lohn, den der 'König der Könige' für seine Getreuen in Bereitschaft habe. Dieser werde einst mit großer Herrlichkeit wiederkommen und sein Zepter ausstrecken. Selbstvergessen war der Blick des Greises nach oben gerichtet. Seine Wangen röteten sich leicht. Seine Zuhörer aber nahmen sich diese Worte tief zu Herzen. Dann kam man auf den Ausweisungsbefehl des Claudius zu sprechen und man war sich darüber klar, dass die Nazarener, die von den Römern ja nur für eine jüdische Sekte gehalten wurden, ihre Zusammenkünfte nunmehr geheim halten müssten. Man beschloss daher, künftige Versammlungen in jenen Sandgruben abzuhalten, von denen Rom in weitem Umkreis umgeben war. Als besonders geeignet erachtete man jenes weitläufige Ostranium, das sich in der Nähe eines Hauses befand, das dem Senator Cornelius Pubens gehörte, in dem der Apostel schon wohlbekannt war.

In diese Beratung trat plötzlich Perias, der Ben Hur ein versiegeltes Päckchen überreichte, das ein Bote soeben gebracht hatte. Ben Hur erbrach das Siegel, zog eine Pergamentrolle hervor und überflog schnell deren Inhalt. Es war ein Brief von seinem Verwalter Simonides aus Antiochia. Ben Hur erkundigte sich nach dem Überbringer des Briefes. Als er hörte, dass es ein Syrer sei, befahl er, ihm Einlass zu geben und ein Mahl vorzusetzen, dann aber ihn hereinzuführen, damit er selbst mit ihm sprechen könne. Darauf wandte er sich zu den Anwesenden und las ihnen vor:

„Simonides, Handelsbevollmächtigter des Hauses Ben Hur zu Antiochia, grüßt seinen Herrn Judah, den Sohn des Hur.

Jahre sind verflossen, seit du mit Esther, Tirzah und Sagar in Rom weilst. Die Geschäfte unseres Handelsunternehmens gehen zwar gut und deine Schiffe bringen reichere Ladungen denn je aus allen Ländern, wenn auch hin und wieder der Sturm eines unserer Schiffe als Opfer fordert. Aber so sehr auch unser Haus blüht, so sehr verzehrt mich die Sehnsucht nach euch, meine Lieben. Jeden Abend sitze ich auf der Terrasse unseres Hauses und immer, wenn der Westen in glühendes Rot getaucht ist, fliegen meine Gedanken zu euch und ich flehe das Tagesgestirn an, euch in der Ferne von mir zu grüßen. Doch heute hat nicht nur die

Sehnsucht nach euch, sondern auch ein körperliches Übel mich zum Schreiben veranlasst. Nicht nur meine Hände und Füße beginnen seit einiger Zeit immer mehr zu zittern, auch die Sehkraft meiner Augen lässt seit kurzem so nach, dass ich kaum mehr imstande bin, die mir vorgelegten Warenverzeichnisse und Rechnungen nachzuprüfen. Deshalb mache dich mit den Deinen so bald als möglich auf und kehrt zu mir nach Antiocha zurück, damit ich Euch noch vor meinem Tod Eure Habe übergeben kann!

Möge euch dieser Brief glücklich erreichen und eure Reise zu mir vom Schutz des Himmels begleitet sein!" Forschend blickte Ben Hur im Kreis umher, aber alle sahen auf den Apostel, dessen Wort den Ausschlag geben sollte. Man hörte eine Weile nichts als das Plätschern des Wasserstrahles, der in schäumenden Wellen sich in das Marmorbecken ergoss. Dann aber klang feierlich die Stimme des Apostels:

„Ben Hur, folge dem Ruf deines Verwalters, und sei unseren Brüdern zu Antiochia ebenso ein Schirmherr, wie du es bis jetzt in Rom gewesen bist!"

Ben Hur und die Seinigen verneigten sich vor dem Greis, und dieser legte ihnen die Hände auf das Haupt. Von der Purpurdecke floss ein roter Schimmer auf sie nieder...

Wenige Tage darauf verließ Ben hur mit Esther, Sagar, Gamaliel und Miriam die Stadt Rom, um sich nach Antiochia einzuschiffen.

Er hatte dem Apostel zuvor noch eine große Summe Geldes für die Nazarener in Rom ausgehändigt. Dieser aber hatte ihm einen Brief für die Christengemeinde in Antiochia mit auf den Weg gegeben. In der Begleitung Ben Hurs befanden sich Malluch, Perias und zahlreiche Dienerschaft.

Tirzah und Rufinus, deren Bund der Apostel inzwischen gesegnet hatte, sowie Devadasa blieben in Rom zurück. Sie waren mit Milon und einigen Freigelassenen jetzt die einzigen Bewohner der Villa 'Ad Palmas'. Sie erfreuten sich der häufigen Besuche des Apostels und anderer Nazarener und als die Zeiten etwas ruhiger geworden waren, pflegten sie Abends alle zusammen nach Ostranium hinauszupilgern.

Wie ein Maientraum lachender Frühlingstage flog die erste Zeit an dem jungen Paar vorüber. Dann aber traf ein schwerer Schlag ihr eheliches Glück. Kaum ein Jahr nach Ben Hurs Abreise wurde Rufinus von der Seite Tirzahs weg zum Kriegsdienst nach Spanien berufen. Dort waren unter Galba die Kämpfe zu größter Heftigkeit entbrannt.

An einem heimlichen Sommertag fuhr ein prächtiges, ganz neues Schiff, das wiederum ‚Syria' hieß, mit Ben Hur und seiner Familie den Orontes hinauf. Genauso wie vor Jahren rauschten dessen Wellen an der syrischen Hauptstadt vorüber, und die glitzernden Fluten waren von hell leuchtenden Segeln belebt. Von den Ufern winkten ihnen schmucke Landhäuser, die an Pracht jenen von Neapel in nichts nachstanden. Aus blühenden Gärten lachten ihnen rote Granatäpfel entgegen. Aus weiter Ferne grüßten die 'schwarzen Berge' und die Erhebungen des Castus und Anmus herüber. Esthers Herz und das ihres Gatten zitterte vor Freude, als man die wuchtigen Türme von Antiochia sah und bald darauf ihr großes, stattliches Handelshaus vor ihnen auftauchte. Friedlich schauten die stillen, grauen Mauern auf sie herab, als das Schiff unmittelbar vor dem Warenhaus anlegte.

Als des greisen Simonides gebückte Gestalt in einem Lehnstuhl auf der Terrasse sichtbar wurde, da wollte Ben Hur fast die Rührung überwältigen. Esthers Augen glänzten vor Freude, als sie ihren Vater wiedersah. Die Kinder sprangen munter an ihm empor.

„Sohn des Hur", sprach der Greis mit schwacher Stimme, „ich grüße dich. Der Gott Israels segne dich und die Deinigen, sowie ich euch segne."

Ben Hur kniete vor Simonides nieder und barg lange schweigend das Haupt im Schosse dessen, der so über alle Maßen getreu war.

Dann ging es ans Erzählen.

Zitternd streckte sich die welke Hand des Simonides nach Miriam aus. Behutsam nahm er das Mädchen auf seine schwachen Knie. Inbrünstig genossen alle die erste Freude ihres glücklichen Wiedersehens und nachdem die Ankömmlinge sich von ihrer weiten Reise durch ein das und ein kräftiges Mahl gestärkt hatten, saßen sie noch bis in die späte Nacht auf der Terrasse des Hauses und erzählten von ihren Erlebnissen.

Der Greis hörte aufmerksam zu. Von seinen Augen ging ein besonders lebhafter Glanz aus, als er von dem Auftreten eines gewissen Paulus sprach, der unlängst in Antiochia gewesen sei. Viel Volk sei damals zusammengelaufen, um den Apostel zu hören. Eine Jungfrau namens Thekla hätte im Circus um der neuen Lehre willen den Feuertod erleiden sollen. Ein Wolkenbruch habe jedoch das Feuer gelöscht. Das ganze Volk habe daraufhin den Christengott mit lauter Stimme gelobt. Die ganze Stadt sei davon erfüllt gewesen. Seit jener Zeit bestehe in Antiochia eine Christengemeinde, 'und', so schloss der Greis, 'auch ich gehöre ihr an'. Ben Hur war von dieser überraschenden Botschaft tief beglückt. Sorglich fragte er nach den Ältesten der Christengemeinde, denen er einen Brief des Apostels auszuhändigen habe.

Am nächsten Tage besprach dann Ben Hur mit Simonides die geschäftlichen Angelegenheiten des Hauses und ließ sich von einem Freigelassenen in die weitläufigen Warenlager führen. Das silberne Lachen der Kinder erfüllte unterdessen das ganze Haus.

Simonides, der Greis, aber lebte unter dem Frohsinn, der ihn nun umgab, von neuem auf. Sein Gesundheitszustand besserte sich von Tag zu Tag.

23. Kapitel

Die Jahre flogen dahin. In Rom hatte sich Schreckliches ereignet. Claudius war von seiner ränkevollen Gemahlin Agrippina vergiftet worden und deren Sohn aus erster Ehe, Nero, hatte den Thron bestiegen. In Syrien aber rauschte der Orontes in ständigem Gleichklang seine geheimnisvolle Melodie. Seine Wellen trugen willig die Lastschiffe Ben Hurs in alle Welt hinaus und mehrten den Reichtum des Handelsherrn.

Simonides saß am liebsten auf der Terrasse des Hauses und blickte sinnend in das Wellenspiel des Orontes, sah zu, wie die Schiffe auf den Wogen schaukelten und die Sonne die silbernen Kämme auf den Wassern küsste. Dem Greis war dann immer wohl und friedlich ums Herz. Noch glücklicher jedoch war er, wenn der Frohsinn seiner Lieben ihn umgab. Wie ein alter Baum, der unter den Strahlen der Lenzsonne frische Zweige und Äste treibt, so begann unter der Liebe und Pflege seiner Kinder in Simonides das Leben aufs Neue zu pulsieren.

Wohl brachte ihm der Alltag auch seine Beschwerden. Einmal zankten sich die Kinder, dann plagte ihn die Gicht, aber die innige Liebe zu den Seinigen überwand immer wieder alles. Nur ein Schmerz griff jäher in sein Leben und das seiner Kinder ein. Der Tod Sagars, der Mutter Ben Hurs.

Eines Abends saßen alle wieder auf der Terrasse und die Strahlen der sinkenden Sonne zauberten ein leuchtendes Rot auf die weißen Locken des Greises, während er sich mit Ben Hur und Esther unterhielt. Am Gespräch beteiligten sich auch Gamaliel und Miriam, die schon recht erwachsen waren. Zu ihnen hatte sich als drittes Kind noch ein Mädchen gesellt, das auf den Namen Lucilla getauft war. Fast in nichts hatte sich Ben Hur verändert. Seine Gestalt war gleich sehnig geblieben, seine Züge waren etwas straffer geworden.

Ben Hur sprach leuchtenden Auges gerade von einem wunderbar glänzenden Stern, den er in der vergangenen Nacht beobachtet habe, als ein Schiff vor Anker legte. Es kam aus Rom, und es schien noch etwas von dem eitlen Schimmer der Weltstadt um seine Masten zu schweben, da es sich jetzt stolz auf den Wellen wiegte. Am gleichen Abend noch überbrachte Malluch einen Brief Tirzahs, der mit dem Schiff angekommen war. Ben Hur erbrach sogleich das Siegel und las:

„Tirzah grüßt euch! Oh, wüchsen meiner Sehnsucht Flügel, um die weiten Räume zu durcheilen und euch alles zu erzählen, was sich seit eurer langen Abwesenheit hier zugetragen hat! Nachdem mein geliebter Rufinus zum Kriegsdienst nach Hispanien gerufen wurde, schenkte mir der Himmel einen allerliebsten Knaben, den wir auf den Namen Festinus taufen ließen. Er ist nun schon fast erwachsen und würde mein größter Stolz sein, wenn er nicht so aufbrausend heftig wäre."

Dann sprach Tirzah von den blutigen Vorgängen, mit denen Nero seinen Thron besudele. In bewegten Worten schilderte sie den Brand Roms, berichtete, wie Nero mit der Leier in der Hand auf den Stufen der Appischen Wasserleitung gestanden sei und beim Schein des Feuers Homers Verse über das brennende Troja deklamiert habe. Dann erzählte sie, wie die unschuldigen Christen der Brandstiftung angeklagt und als lebendige Fackeln im Circus verbrannt worden seien. Wie sie zusammen mit Devadasa und Festinus täglich die Kerker besuche und wie sie die Leichname der Blutzeugen in den Höhlen vor den Toren Roms bestatten. „Noch immer", schloss sie ihr Schreiben, „ist kein Ende des Wütenei abzusehen. Tag und Nacht zittern wir um unsere Führer, die Apostel, die sich nicht verbergen, weil sie ihre Herde nicht im Stich lassen wollen. Wie froh bin ich aber, wenigstens euch dort in der Ferne in Sicherheit zu wissen! Lebt wohl!"

Erschüttert wandte Ben Hur sein Auge von der Pergamentrolle. Sein Blick fiel auf das Schiff, das ihm solch schreckliche Kunde gebracht hatte. Es war ihm, als ob an den Wänden des Fahrzeuges Blut klebe, Christenblut, von Nero vergossen!

Dann stand ein Entschluss in seinen Augen und er sprach ihn aus: „Ich will nach Rom, unseren Brüdern zu helfen."

Entsetzt fielen Esther und Miriam dem Mann in den Arm, lebhaft auf ihn einredend, er möge doch von einem solchen Vorhaben abstehen.

„Wär's nicht schimpflich, Tirzah allein, die Brüder schmählich dem Tod zu überlassen?"

Die Frauen wandten sich hilfeheischend an Simonides. Dieser aber erhob feierlich die Hand und sprach: „Nero liebt den Orient und seine Pracht. Ziehe an seinen Hof und suche mit allem Prunk deines Hauses sein Herz zu gewinnen!"

Jetzt leuchteten Gamaliels Augen. „Auch ich gehe mit dem Vater", sprach er kurz und bestimmt.

Mit geröteten Wangen standen Ben Hur und Gamaliel. Esther aber rief entsetzt:

„Seid ihr von Sinnen? Denkt ihr auch, was sein wird, wenn ihr den Tyrannen nicht umstimmt?"

Abermals waren aller Augen forschend auf Simonides gerichtet. Der Greis erhob wieder die Hand.

„Werft unsere Freundschaft mit Scheich Jiderim in die Waage, gebt dem Cäsar Geschenke, baut ihm Paläste, aber helft unsern bedrängten Brüdern!"

Ben Hurs Gestalt straffte sich. „Wohlan, schon morgen seien die Anker gelichtet! Dasselbe Schiff, das mit der Schreckenskunde kam, soll uns nach Rom bringen."

Und so sehr auch Esther und Miriam baten und flehten, Ben Hur blieb fest.

„Es ist unmöglich, Esther! Die Sterne rufen mich! Du magst mit Miriam bei Simonides bleiben!" Aufschluchzend warf sich Esther ihrem Gatten an die Brust.

„Nie werde ich von deiner Seite weichen. Ich folge dir und wär's ans Ende der Welt!"

Als am nächsten Morgen die Sonne über die Ebene von Antiochia emporstieg, da fuhr das Schiff Ben Hurs schon den Orontes hinab dem Meerbusen von Cyprus entgegen. Miriam war mit Lucilla und einigen Freigelassenen zur Pflege des greisen Simonides zurückgeblieben.

Ben Hur stand mit Esther und Gamaliel auf dem Verdeck. Aber sie hatten kaum einen Blick für die Landschaft, die in wunderbarer Schönheit zwischen der Stadt und dem Meer sich hinzog. Sie gewahrten kaum die weißleuchtenden Segelschiffe, die an ihnen vor überglitten und hörten nicht das Singen und Rufen der Seeleute. Ein wolkenloser Himmel wölbte sich zu ihren Häuptern und goss über Land und Strom einen märchenhaften Glanz von Licht aus. Ben Hur war ernst gestimmt. Ihm war, als tauche hinter jedem Mast der blutige Schatten Neros auf.

Als die Nacht anbrach, waren sie schon auf hoher See. Sinnend schauten Ben Hur und Gamaliel zum Himmel empor, wo nun ein Stern nach dem anderen aufblitzte. Bald gab es unter dem Himmelsdom nichts mehr als das Meer, das Schiff und die Sterne. Die Luft war über dem Meer nach dem glühenden Glanz des Tages unbewegt, klar und kühl. Die Sternennacht war von unsagbarer Schönheit. Es war ein fast überirdisches Funkeln und Flimmern.

Plötzlich tauchte am Horizont ein Stern von wunderbarer Größe und Helligkeit auf. Sein Licht ging ins Grüne, und seine Strahlen versilberten die Masten des Schiffes. Esther blieb stumm. Ben Hur und Gamaliel aber jubelten beim Anblick des Sternes laut auf. Es schien ihnen ein glückverheißendes Zeichen, als er höher und höher am Himmel heraufzog.

Ein heller Strahl von Hoffnung senkte sich in ihr Herz, und sie sahen zuversichtlich dem Ziel ihrer Reise entgegen.

24. Kapitel

Nero saß im Atrium seines Palastes vor einem Metallspiegel, den ihm ein farbiger Sklave ihm hielt, und drückte mit seiner fetten Hand das seidene Tuch zurecht, mit der er 'zur Schonung seiner göttlichen Stimme' den Hals schützte.

Seine kleinen, blauen Augen, die denen eines Kindes glichen, blickten aus einem kurzen, breiten Gesicht. Sein dicker Kopf, der auf einem Stiernacken saß, erinnerte an eine Melone. Ein Lorbeerkranz aus Gold schmückte das dunkle Haar. Auf seinem glattrasierten Gesicht spiegelte sich grenzenlose Eitelkeit und Langweile. Er trug eine weiße Tunika und über dieser eine amethystfarbige Toga. Zwei Sklaven fächelten ihm Kühlung zu und rings um ihn gruppierten sich ergeben die Höflinge.

Nun wandte sich Nero an den Astrologen Pauson. „Hältst du es für möglich, dass die Römer in ihrer Verblendung und Undankbarkeit so weit gehen, dass sie mich, ihren Wohltäter, vom Thron stoßen? Es vergeht kein Tag, wo nicht neue Verbindungen mit der Verschwörung Pisos aufgedeckt werden. Die Schmeichelei und Verstellung des Senats aber kann meinem Scharfblick nicht entgehen. Sage mir, Pauson, was prophezeien die Sterne über meine Zukunft?"

„Bei uns Magiern herrscht nur eine Meinung, o Cäsar, dass der hellglänzende Stern, der zur Zeit der Ankunft des Partherkönigs Tiridates seinen Höhepunkt erreichte, jetzt aber in seinem Glanz nachgelassen hat, deine Weltherrschaft bedeutet. Die Sonne geht, seitdem die Parther unter deiner Herrschaft stehen, in deinem Reich nicht unter und sollte dein Thron in Rom auch wirklich fallen, so würde dir dafür im Orient ein umso glänzenderer erstehen!"

„Und was sagst du, Panilius?" fragte Nero einen ägyptischen Astrologen mit blatternarbigem Gesicht. „Jener Stern zur Anwesenheit des Tiridates traf eine denkwürdige Konstellation am Himmel. Der Mars hatte sich im Zeichen des Widders dem Jupiter bis auf einen Abstand von 15 Bogenminuten genähert, so dass beide Sterne dem Auge wie ein Riesenkomet erschienen, eine Konstellation, wie sie höchstens alle tausend Jahre beobachtet wird. Die Juden haben aber in ihren heiligen Büchern eine Weissagung, dass ein Stern die Ankunft eines mächtigen Weltherrschers, des Messias, verkünden werde. Alle Anzeichen deuten nun darauf hin, dass diese Rolle dir von den Sternen bestimmt ist. Jedoch musst du dich vor den Nazarenern in Acht nehmen, die nur ihren Christus als Messias und Weltherrscher gelten lassen wollen."

Nero lachte wild auf und sein Fuß stampfte den Boden. „Diese Natternbrut, die wie Maulwürfe unter der Erde haust, zertritt mein Fuß wie Würmer!"

Dann wurde er plötzlich wieder ernster und fragte Barbabas Justus, den Plattfuß:

„Oder glaubst du wirklich, dass diese Frösche mir gefährlich werden können?"

„Es sind Zauberer, Cäsar, die geheime Kräfte besitzen. Sein Knabe Patroklus, der beim Anhören einer Predigt des Paulus vom Fenster einer Scheune herabgefallen war und sich das Genick gebrochen hatte, wurde von Paulus wieder zum Leben erweckt."

„Pah, Fabeln! Nichts als Fabeln! Hast du es selbst gesehen?"

„Nein, aber deine Leibknaben erzählen es."

„Es sind nur Märchen und Legenden!"

Nero streckte seine Füße mit den Perlenbesetzten Sandalen vor und ein schwarzer Zwerg besprengte die Sohlen und einem Schlauch mit einer wohlriechenden Essenz. Da nahte ein Sklave und meldete die Ankunft der Höflinge Rorbanus und Albinus. Auf einen Wink Neros traten die beiden ein. Hinter ihnen führten Soldaten zwei

Männer in Fesseln, einen alten Mann mit weißem Bart und einen dunkelhaarigen jüngeren. Es waren die Apostel Petrus und Paulus.

„Was ist es mit diesen da?" fragte Nero unwillig.

„Es sind die Häupter der Christen!" näselte Albinus. Nero wurde neugierig.

„Welche Klagen habt ihr gegen sie?"

„Sie betören unsere Frauen, so dass sie das Haus vernachlässigen und den ganzen Tag ihnen nachlaufen." Dabei war die Stimme von Norbanus heiser wie die eines Käuzchens.

Nero musterte, indem er sich weit vorbeugte, die Apostel durch seinen geschliffenen Smaragd. Wie ein schillerndes Ungeheuer mit grünen Basiliskenaugen saß der Tyrann, und von seinem Mund schien ein giftiger Odem auszugehen. Angestrengt spähte er zu der Kleidung der Männer, ob nicht in irgendeiner Falte ein Edelstein, ein Amulett oder ein Talisman verborgen sei, von dem geheime Kräfte ausgingen. Ganz still war es auf einmal. Nur der Murmelton einer Fontäne drang aus dem Hintergrund des Saales. Plötzlich zuckte ein eigentümliches Lächeln um Neros Mundwinkel. Sollte er, der Cäsar, diesen Zauberern ihr Geheimnis nicht entlocken können?

„Ist es wahr", wandte er sich jetzt an Paulus, „dass du meinen Mundschenk Patroklus von den Toten auf erweckt hast?"

Gespannt sah nun alles auf Paulus, der gering von Gestalt war. Auf seinem gedrungenen Körper saß ein kleiner Kopf mit vorspringender Nase. Als Paulus aber sprach, ging eine unbeschreibliche Würde von ihm aus.

„Nicht ich, o Cäsar, habe den Patroklus auferweckt, sondern Christus, der 'König der Könige'!" „Verlangst du, dass ich, der Cäsar, mich vor einem anderen verbeuge?"

„Gott selbst hat uns ausgesandt, das Reich der Finsternis zu stürzen."

Zornig und gereizt wie eine Viper fuhr Nero bei diesen Worten empor, aber dann beherrschte er sich und fragte den Greis mit dem weißen Bart, was er auf die Anklage des Norbanus zu erwidern habe.

„Ist es ein Unrecht, Cäsar, den Schwachen Trost, den Kranken Heilung und den Armen Hilfe zu bringen?" Des Apostels Stimme klang feierlich.

Lauernd warf Nero nun die Frage hin, was es mit dem 'König der Könige' auf sich hat.

Da hob der Apostel die Hände hoch empor und sprach mit erschütternden Worten von der Macht des Allmächtigen.

Zuerst hielt Nero sich die Ohren zu. Dann sprang er auf und befragte seine Höflinge, wer nach ihrer Meinung wahrhaft Herrscher der Welt sei. Diese standen jedoch zitternd und wagten nicht, zu sprechen. Nur Festus von Galatien, der ein Christ war, sprach mit klarer Stimme:

„Befrage den Patroklus, o Cäsar und fürchte den Zorn des Allerhöchsten!"

Nero ließ in der Tat den Knaben rufen. Es war ein rotwangiger Jüngling mit hellbraunem Haar. Treue, blaue Augen von unergründlicher Tiefe schauten zu dem Tyrannen empor. Die Stimme des Knaben klang aber rein und hell, als er sagte: „Durch die Fürbitte dieses da", er wies dabei auf Paulus, „hat mich der König der Könige wieder zum Leben erweckt." Entsetzt taumelte Nero zurück, besorgt schielte er nach seiner Leibwache.

Nun flehte Nero wie ein Knabe die Apostel um ein Wunder an, dann würde er sich auch vor dem mächtigen Gott verbeugen.

Ruhig und ernst wiesen die Apostel dieses Verlangen zurück.

Drohend entfernte sich jetzt Nero: „Wehe, wie Diebe in der Nacht seid ihr in mein Reich eingedrungen, aber ich werde euch zermalmen! Ehe die Sonne untergeht, werdet ihr gerichtet sein."

Als die Apostel über die Straße in den Kerker geführt wurden, drängte sich eine große Menge Volkes huldigend um sie, und die Stimmen Tausender von Menschen erhoben sich wie ein Chor im Gebet.

25. Kapitel

In den Straßen Roms strömte das Volk zusammen und begaffte neugierig eine seltsame Gesandtschaft, die aus weiter Ferne zu kommen schien. Es war Ben Hur mit seinem Gefolge. Der Zug bewegte sich durch das 'Tal der Quellgöttinnen' am ‚Tempel der Ehre und Tugend' vorbei zum ‚Goldenen Haus' Neros. Da schritten buntgekleidete Sklaven einher und auf kappadozischen Hengsten ritten Syrer in reichbestickten Mänteln. Ihr Zaumzeug funkelte in der Sonne wie pures Gold. Auf hohen Kamelen saßen Bewaffnete mit blinkenden Lanzen und Schwertern. Goldhufige Maulesel mit purpurgefärbten Ohren wurden von Arabern geführt.

Ben Hur selbst ritt auf einem feurigen numidischen Rappen. Ein weißer, wallender Mantel hüllte ihn ein wie eine lichte Wolke. Eine rote Schärpe umlohte seinen Körper wie eine Flamme, und unter dem Mantel blitzte das Schwert. Langsam ritt er einher. Sein braunes Haar flatterte, und auf seinen Zügen war ein Leuchten. Hinter ihm folgte in einer prachtvollen Sänfte, die Phrygier trugen, Esther, von Malluch und Milon begleitet. Dann tapsten wie eherne Vorweltriesen zwei Elefanten daher, von denen der eine von Gamaliel, der andere von Festinus geritten wurde. Dahinter zogen zierliche Ponys eine buntbemalte Karosse, in der Tirzah und Devadasa saßen. Zahllose Dienerschaft folgte teils zu Pferd, teils zu

Fuß. Viele Maultiere mit Gepäck und reichverzierte Reisewagen beschlossen den Zug.

Selbst die an Glanz gewöhnten Römer staunten über das Funkeln des Goldes, das Schimmern der purpurnen und violetten Gewänder und den Glanz des Brokats, noch mehr aber über das Seltsame und Phantastische des Zuges, der wie ein flimmerndes Märchen vor ihren Augen vorüberrauschte. Verwundert reckten sich die Hälse und von Mund zu Mund flog die Kunde von der Ankunft eines Fürsten aus dem Morgenland.

Nero unterhielt sich mit Saitenspiel. Die silberne Leier in der Hand, blickte er feierlich zur Elfenbeindecke empor und sang zu seinem Spiel einen selbstgedichteten Hymnus auf die Venus, als ein Sklave mit der Botschaft kam, ein fremder Fürst zöge eben in Rom ein. „Was für ein Fürst ist es, der kommt?"

„Ben Hur, ein Fürst von Judäa!"

„Er soll willkommen sein!"

Ben Hurs Zug war gerade in den Garten eingebogen, der das 'Goldene Haus' Neros umgab, das säulenglänzend, breit und stolz auf der Velia lag. Als der Zug über den Vorplatz des Palastes kam, eilten ihm die kaiserlichen Leibknaben entgegen und ließen aus Blumenkörben einen Regen von Rosen und Lilien auf die Ankömmlinge niedergehen. Vor der großen Säulenhalle des Palastes machte der Zug halt.

Geschmeidig sprang Ben Hur vom Pferd und eilte mit seinem Gefolge zur Terrasse empor, auf der ihn Nero mit seinen Höflingen erwartete. Des Cäsar schönheitstrunkener Blick ruhte freudig auf dem farbenprächtigen Bild zu seinen Füßen Seine Gedanken eilten zum Forum, wo kurz vorher auf purpurgeschmückter Tribüne der Partherkönig ihm kniend gehuldigt und aus seinen Händen vor allem Volk die goldene Krone erhalten hatte.

Nero hoffte, als er jetzt seinen grünen Smaragd langsam ans Auge führte, dass nun Ben Hur ebenso wie damals der Partherkönig vor ihm in den Staub sinken würde. Dann hätte er ihn als Vasallen huldvoll vom Boden aufgehoben.

Ben Hur verbeugte sich jedoch nur halb, Er blieb Zoll um Zoll ein Fürst.

„Sei gegrüßt, Cäsar!" Ben Hurs Stimme klang hell und klar.

„Willkommen, Ben Hur, in Rom! aus welchem Land kommst du?"

„Ich komme aus Antiochia in Syrien."

„Wer sandte dich hierher?"

„Niemand sandte mich, aber ich vernahm die Klage unserer christlichen Brüder und bin gekommen, dir zu sagen, dass sie unschuldig sind!"

Nero trat einen Schritt zurück; die goldenen Gewänder an ihm rauschten.

„Wer sagt dir, dass sie unschuldig seien?"

„Mein Herz und die Sterne!" Ben Hurs Stimme tönte wie eine Laute.

Nero lächelte gezwungen, als er lauernd sprach: „Sage mir, Ben Hur, bist du nicht ein Fürst? Ja, ich weiß es, du bist ein Fürst. So wisse denn, dass die Christen großes Unrecht begingen, weil sie das Volk gegen mich, den Kaiser, aufwiegelten."

„Du irrst, Cäsar. Es ist nicht Empörung, was die Apostel verkünden, sondern Unterwerfung unter das Gesetz!"

„Sie freveln aber gegen die Religion des Staates und gegen die angestammten Götter!"

„Die Mithras-Priester und die Priester der Isis haben doch auch ihre Tempel, und sogar die Synagogen der Juden sind wieder geöffnet."

„Wohl, aber der Götzendienst der Christen ist mir ein Greul."

Neros Stimme wurde gefahrdrohend, aber Ben Hur fuhr unbeirrt fort:

„Scheich Jiderim, der zahlreiche Araberstämme befehligt, der mächtige Bundesgenosse der Parther, ist mein Freund. Gib mir für ihn die gefangenen Christen frei."
„Gib sie uns frei", fielen die Leute Ben Hurs lärmend ein. Nero duckte sich zuerst unter dem Lärm erschreckt nieder, dann aber raffte er sich auf und befahl dem Präfekten der Leibgarde, die Gefangenen Apostel in den Palast zu bringen.

Ben Hurs Gefolge jubelte und Nero verzog unter ihrem Beifall das Gesicht zum Lachen wie ein Knabe.

Jetzt schritt er Ben Hur und den Seinigen voran in das Innere des Palastes. Auf seinen Wink erschienen Tänzer, die zierliche Thyrsusstäbe schwangen und beim Klang von Zimbeln und Flöten tanzten. Nun trat Nero im Purpurmantel und mit dem Lorbeerkranz auf dem Haupt in die Mitte des Saales. Seine Hände hielten die silberne Leier und jetzt erhob er die Augen feierlich zur Decke und griff in die Saiten. Lieblich ertönte ein Lenzgesang des Ibykus:

„Frühling ward es, und wieder blüht.

Vom sanft strömenden Bach getränkt.

Der kydonische Apfelbaum,

Wo jungfräulicher Nymphen Schar Im Dunkel des Haines spielt und die Blüte der Rebe schwillt..."

Endloser Beifall der Höflinge rauschte zur Elfenbeindecke empor. Dann erschienen zierliche, geschmeidige Mädchen und wiegten die goldumgürteten Hüften im Tanz. Jubeln, Gelächter und Saitenspiel erscholl bis auf die Terrassen und weit in die Gärten hinaus.

In diesen aber erlitten die Apostel zur gleichen Zeit den Tod — der letzte Befehl Neros war zu spät gekommen.

Plötzlich klirrten mitten in den Rausch des Festes hinein die Caliga zweier Prätorianer. Finsteren Blickes drangen diese durch den Saal vor bis zum Kaiser. Sie brachten die Nachricht, Galba habe sich mit seinen Truppen in Spanien erhoben und sei von den Legionen zum Kaiser ausgerufen worden.

Zuerst starrte Nero ungläubig um sich, dann raste er. Er schmetterte seinen Kristallbecher klirrend zu Boden und schrie nach seiner Leibwache. Die aber hatte den Saal bereits verlassen — in unbeschreiblichem Gewirr entflohen auch die Höflinge.

Nero will Befehle geben, aber die Sklaven sind plötzlich nicht mehr auf ihren Posten. Flehentlich bittet er Ben Hur um Hilfe, aber dieser hat schon die Nachricht erhalten, dass die Apostel doch hingerichtet worden seien und wendet sich verächtlich ab.

Nun, von allen verlassen, will Nero voller Verzweiflung fliehen. Ein einziger Mensch bleibt bei ihm, der freigelassene Phaon. Mit ihm reitet Nero, tief in einen Kapuzenmantel gehüllt, hinaus aus der Stadt zu einem Landgut des Phaon — dort will er sich verbergen.

Und als man ihn dort fand, gab er sich selbst den Tod. In den Straßen Roms aber warf man die Statuen Neros um, mordete jeden seiner Freunde und jeden Höfling, und unaufhörlich erscholl der Ruf: „Es lebe Galba!"

Durch die tobenden Gassen der Stadt ritt eine Kohorte schwerbewaffneter Soldaten mit eiserner Ruhe im Antlitz. Es war die Truppe des Nymphidius, die von Galba als Vorhut nach Rom geschickt war. Bei ihr befand sich der Tribun Rufinus, der Gemahl Tirzahs. Jubelnd und jauchzend umringte das Volk die Soldaten des Galba als Befreier von der Schreckensherrschaft des Nero.

Die Kohorte ritt den Palatin hinauf zum kaiserlichen Palast.

Vor diesem sammelte eben Ben Hur seine Leute. Ängstlich an ihn geschmiegt stand Esther, sein Weib. An der Spitze gutbewaffneter Syrier, die Tirzah und Devadasa schützend umringten, hielt Gamaliel.

Unter unbeschreiblichem Jubel des Volkes und der Soldaten begrüßte Tirzah den heimgekehrten Gatten. Voll tiefen Glücksgefühls vernahm Ben Hur, was ihm Rufinus berichtete: „Galba ist Kaiser. Er wird die Christen schützen!"

Und nun beugte Ben Hur im Garten des kaiserlichen Palastes die Knie zum Gebet. Mit ihm seine Familie und der ganze märchenhafte Zug seiner Begleitung. Dann aber sangen alle dem 'König der Könige' zu Ehren eine Hymne, so herrlich und gewaltig, dass ihre Klänge wie schmetternde Posaunen durch den Park brausten.

Sie sahen vor sich die Morgenröte einer friedlichen, glücklichen Zeit. Es nahte der Triumph Christi.

— Ende —

Weitere Romane von Alexander Kronenheim:

Alarich – Der Eroberer von Rom [ISBN: 9783741208737]

Unter der Macht Roms [ISBN: 9783741237423]

Die Schlacht bei Fehrbellin [ISBN: 978-3738648454]

Marienburg – Kampf und Schicksal [ISBN: 9783734796340]

Nephoris – Töchter des Cheops [ISBN: 9783738647631]

Rom im Untergang (Reihe)

Teil 1 – Eine neue Macht [ISBN: 9783734787911]

Teil 2 – Kampf in Germanien [ISBN: 9783734787928]

Teil 3 – Die Rückkehr der Götter [ISBN: 9783734745560]

Teil 4 – Entscheidungsschlacht Frigidus [ISBN: 9783734791222]

Teil 5 – Aetius - Roms letzter Adler [ISBN: 9783738635034]

Teil 6 – Aetius – Attilas Zorn [ISBN: 9783738635874]

Teil 7 – Aetius – Zerstörung Aquileias [ISBN: 9783738635904]

Bunker [ISBN: 9783738647686]

Der Landser Breitinger [ISBN: 9783743161870]

Frontsoldat [ISBN: 9783743161863]